# 甜橙與麵包刀

오렌지와 빵칼

Orange and Bread knife

青藝 청예

簡郁璇 譯

# 名家推薦

故事裡有個失去笑容的人，硬逼自己擠出笑容。為了避開麻煩與困窘，她總是率先說出對不起。竭盡全力體諒他人，卻聽到別人說她漫不經心，因此她只好再次向對方道歉。啊，這令人生厭的人生。她想改變，渴望能翻轉這一切，實際上也成真了。那一刻，多巴胺瞬間爆發，壓抑多時的晦暗內心開始散發各種光芒。她發自真心，笑得張狂，我也笑了。最近還有如此令人狼吞虎嚥、貪婪地閱讀下去的小說嗎？靈巧老練的句子，緊張感十足的情節，難以抵擋的猛烈氣勢，大膽的人物設定與銳利的角度，令翻閱書頁的我讚嘆再三，不知不覺間來到了令人愕然的結局。快感冰冷凍結了。我手中握的是甜橙或是麵包刀呢？不，我的手是倒向哪一側呢？多虧了青藝作家，我忍不住發自真心的笑了。

——姜禾吉（小說家，著有《他人》等）

作家借用主角之口，向世界提出抗議。對於被日常壓得疲憊不堪的人來說，那抗議不見得令人厭煩。以流暢的筆觸書寫，不僅帶來共鳴，更讓人覺得彷彿是自己的故事。當全世界都強迫你喊出「是！」的時候，看到主角奮力吶喊「不！」，不由得讓人感覺到精神被淨化了。這部作品質問著讀者：只要沒做出與他人相同的選擇，就把他當成病人看待的這個世界——果真是對的嗎？但若是追隨本能的渴望，侵犯社會的中線，又會被立刻指出這是禁忌。本書揭露了那些聲稱「毫無罪惡感地任由本能驅使，才是人類的真面目」的說法——令人不寒而慄。閱讀時，我深有共鳴。文風大快人心，所以我忍不住咧嘴笑了。我要向那些對於整天同樣在轉輪中奔跑感到疲乏的人，推薦本書。

——鄭海蓮（小說家，著有《紅鶴》等）

# 目錄

自由使我們變得醜陋。

# 刺入

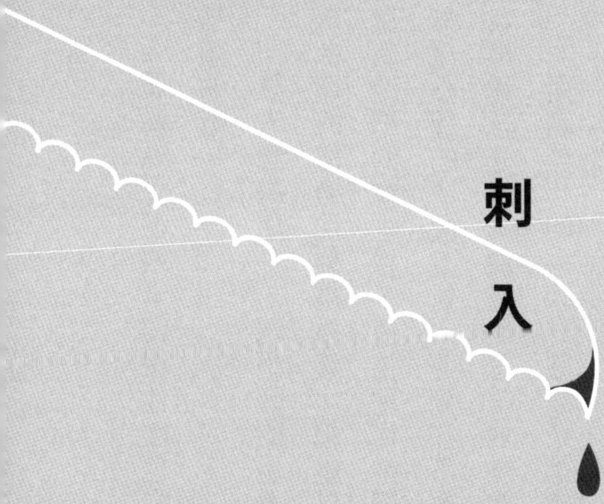

硬要說想在週末迎接什麼色彩的話，大概就是摻雜泛黃色調的綠色那類的吧。

讓人想凝望一、兩小時的溫柔戀人的臉龐，在睡意中翻來覆去時髮絲散發的微微洗髮精香氣，拒絕呈現直線的後頸線條，昨天忘記喝掉而徹底冷卻的咖啡香，悄悄地從敞開的窗外爬入的晨間陽光溫度，吸氣時無序交纏的清晨空氣，遲到卻不致令人感到挫折的行程，只要說句「讓我再睡五分鐘」便毫無怨言地點頭同意的鬧鐘。

所謂理想的一天，應該是那樣開始的。

「妳在和誰傳簡訊？」

「銀珠。」

「星期六上午就這麼勤勞。」

「我本來就很勤快又聰慧。」

睜眼就得一面咀嚼餐包一面開車的秀元，滿臉倦容。以要盯上一、兩個小時來說，他那側臉並不怎麼賞心悅目，所以我只看了幾眼就別過了頭。

「我來開車也可以。」

「妳不是習慣用單手開車嗎？這樣真的很危險。」

「這個時間，路上又沒車，沒關係啦。」

「我在澳洲時，看過有人因此出意外。」

他取出放在駕駛座儲物盒的一瓶礦泉水。自己明明只喝普通的濟州三多水，卻總是買高價的Evian礦泉水給我。他笑著說想買最好的東西給我的樣子，與五年前沒有分別，要說有什麼改變，那肯定是我以要回覆訊息為藉口拒絕拿礦泉水的態度吧。

銀珠傳來的是救助團體的捐款連結，隨後又連續傳了好幾個連結，某些連結有著成串小熱狗般的長字串，甚至跳出了「顯示更多」的文字。

點下了那個長到殘暴的連結後，發現是報導世界各地受災兒童困苦生活的新聞。幾張淚流滿面的兒童照片被置於報導最上方，有的兒童哭得太過厲害，以致鼻子還掛著鼻水。

為什麼把這選為主頁？

因為不該笑，所以我沒笑，但假如路上的行人掛著鼻涕在哭的話，任誰都會笑出來吧。

銀珠傳了訊息說自己捐了三萬韓元，我非常明白那句話意味著什麼。在不知情的情況下違抗是失誤，但明知故犯就是造反了。我可沒有掀起政變的信心。同時，我想像了一下能用三萬韓元消費哪些東西，我本來想買的喇叭褲正在打折呢，真可惜啊。

我也捐了三萬韓元。銀珠，我的心好痛啊。

銀珠傳了豎起大拇指的浮誇貼圖作為回覆。報導、參與、貼圖，比泡碗杯麵更快就能解決的這份善意，或許不是來自我的內心，而是來自Naver Pay系統。

沒有多傷腦筋去斤斤計較，爽快支付三萬韓元後，我評估了自己能獲得的價值。那個價值能比喇叭褲更高嗎？至少我能以此在年末申請捐款抵稅扣除額吧？啊啊，拜託明年也有第十三個月的獎金[1]吧。正在哭泣的兒童啊，幫我集氣，讓我能拿到退稅款吧。不過，三萬韓元以上就不行了哦，就拿猶如找血淚般的錢去買衛生紙擤擤鼻子吧。肯定會非常暢快吧？我是真心擔心你們的，大家一起過著美好又美麗的人生吧。

是啊，這是為了追求價值。不，這是純粹的善意。

**聽說昨晚書峴站發生了竊盜案。**

1 譯注：意指年終退稅款。

韓國的治安真的糟透了。

知道我們社區幾天前發生不倫戀事件了嗎？世上根本沒人能相信。

真是瘋了。

妳有看到偶像們扭曲歷史的言論嗎？一群沒腦的傢伙。

駛過減速帶時，整輛車子跳了起來，我隨著身體往上蹦的感覺暫時屏住呼吸。

晨間的微溫陽光，透過車窗照了進來，撓了撓我的手。從手機液晶螢幕漫射出來的光線留有餘溫。陽光刺眼，所以我配合光線適度瞇起眼睛，但似乎有灰塵跑入，感覺有異物。就算沒有放大鏡，陽光終究還是聚集在一個點上頭，鑽入了我的手背。

某個政治人物的腐敗、某個企業的遊說、某個自營業者的悲嘆、某個上班族的不明死亡、某個自由工作者的揭發、某個影子的失蹤、某種殺人、暴力、犯罪、不公正、不合理、不道德、金壽限無先生的瘋烏龜與精神錯亂的仙鶴，還有那三千甲子不是應該立即罰款五億元嗎？沒有常識的東方朔[2]，乾脆就判他個一百年吧，隨便你。

**打起精神，好好活著。**

我屏住呼吸，觀察自己在週末晨間的臉龐。現在看來，那是一名燃燒殆盡後失去血色、面如死灰般的病人。雖然嘴上嚷嚷著想死，可一旦生病了又會乖乖到醫院領藥吃、有氣無力的病人面容，這些臉孔匯集起

2 譯注：典故出自韓國的繞口令「金壽限無烏龜與仙鶴三千甲子東方朔」。烏龜與仙鶴都是長壽的象徵，東方朔則是傳說偷吃了西王母的蟠桃後，活了三千甲子年。這段繞口令通常是拿來開玩笑，形容某人的名字過長或是暗示某件事不切實際。此處作者則以誇張、戲謔的口吻來表達對社會亂象的諷刺。

來，構成了我的早晨。銀珠總為我獻上如此這般的早晨。

她愛著我。

我也正愛著她——某種類似於愛的東西。

再次駛過減速帶時，秀元伸出手臂保護我的上半身。我在那一刻「噗」地一聲吐出一口氣，嘴巴散發出尚未散去的牙膏味。

英雅啊，我上次傳給妳的國民請願，妳參加了嗎？

讓我想想那是什麼。

我現在弄。

妳還沒弄啊？只要盡棉薄之力，就能改變那些人的人生耶。

銀珠和我是高中同學，直到二十七歲的此刻，都維持相當良好的關係。我對銀珠抱持敬意，她跟總是停滯在原地的我不同，是個緊緊抓住構成世界的眾多部分、毫不畏懼改變的人。只要是站在她身旁的生命體，她都懂得如何去喜愛，無論那是什麼。該怎麼形容她好呢？具有大愛？但又不太一樣。

銀珠是個懂得熱愛時間的女人。所謂的時間是一種無垠的概念，包含了前進或後退，使花朵綻放或凋零的一切，也包含了時代或歷史等廣義之物。它時而僅以一天、兩天還有三天左右的個別單位存在，既能照亮視野，又能使其陷入黑暗。

大概可以這麼說吧。銀珠熱愛人，因此她也憎恨人，而我也真心喜愛那樣的銀珠，所以才憎惡她。

不，我不憎惡她，我可不能說這樣的話。我竟然對一個為了替世界鋪上絲綢地毯避免讓人跌跤受傷、一大早就東奔西走的女人，訴說我的疲憊，這種態度有多麼狂妄傲慢啊？就連闔上眼睛蓋上手機後就碰觸不到的不幸，她卻仍試圖為此幫助他人，這樣的女人，我怎能覺得她令我疲憊呢？我怎麼能有如此可惡的想法呢？可是我又為什麼老是忍不住用舌頭去輕輕舔拭那顆不純的心呢？

我生了病。八成是這樣的。

「秀元哥。」

「嗯。」

「我們以前真的很美好吧？」

「現在也很美好啊。」

「那明天也會同樣美好嗎？」

非常害怕單手開車的秀元，露出不安的眼神看著我，接著抽出一隻手覆住了我的，雖然感覺很溫暖，但相較於陽光的溫度，卻顯得微不足道。

「就是盼望明天會變好，才會這麼早起。」

我們活在明天會比今天更好的信念之中，但銀珠與秀元可知道，有為數眾多的人類，都被設計成更為憧憬過去。

看著三年前拍的照片，不禁懷念起當時的年輕與美好。儘管當時也肯定有不亞於此刻的壓力，但只要時間將其命名為回憶，它就會多了一層燦爛耀眼的包裝。以青春之名所闖下的多數失誤，都成了感覺能拿來說嘴的人生獎盃；相反的，現在卻被視為毫無特色、不斷堆積的廢紙綑之類的。如此說來，今天的廢紙等過了時日也會變成獎盃。三年後會回憶起今天，五年後會渴望起今天，十年後則會留下今天很燦爛的評語吧。

沒有今日煩惱的昨日，沒有今日疾病的昨日，沒有今日衰老的昨日。怎麼，不是有句話是這麼說的嗎？「請把韓文的『自殺（자살）』倒過來唸唸看吧，就會變成『活著吧（살자）』。」這麼說來，把「活著吧（살자）」倒過來不就成了「自殺（자살）」嗎？人怎麼想，這兩

個字傳達的訊息就奔向了兩種極端。

與其說我們在廢紙與獎盃之間尋求中庸，不如說我們只是熱烈地渴望並活在兩者之一。

我再也不想往不幸的那側傾斜。

我傳給妳的國民請願都要參與，不能視而不見。

知道了，是我錯了。

讓深愛的人失望時，別猶豫，就讓自己喘口氣吧。為了避免令他人失望的絕望感逐漸勒住自己的脖子，必須在吸氣與吐氣上頭竭盡全力。我又傷了妳的心了啊。我讓一個為了這世界能井然有序地運轉而奉獻自己的人感到不舒服了。倘若怎麼想都得為這一切的過錯貼上名牌的話，就只能寫上「吳英雅」這三個字了。

因此，我想改變。

「到了。」

秀元親手替我解開安全帶，往我的額頭印上一吻，逐漸遠離的雙唇，散發出與我的嘴巴相同的牙膏味。

我今天穿著先前交往紀念日時跟秀元一起訂製的情侶內衣，也穿了銀珠送我的黃襯衫。既然用珍視我的人們心意來打造我的外殼了，至少內核必須是我個人的選擇。

彷彿餓鬼覬覦他人的財物，狼吞虎嚥地吸入空氣，最終卻又因無法消化而嘔吐似的吐了出來。就算痛苦，也不能把呼吸給忘了啊。哪怕呼吸等於是在逐層堆積我的不幸，但好歹呼吸是不能忘的。因為，非得活著不可。倘若此時有誰聽見了我的心聲，也會說：請妳現在要呼吸，不能在人生中窒息。

我所抵達的地方有著潔白的外牆，以橘紅色字體寫著「西向醫學研究中心」的名稱，模樣就像是在鮮奶油蛋糕上擺了橙片做裝飾。這個地方就是替我修理腦袋的地方嗎？光是看著它，都能感到甜滋滋的。

我自願來到這裡。這是我自願的，也是我的行為造成的。我們稱之為「自作自受」。

直到今天為止，我所經歷的那些碎片……

# 甜橙與麵包刀

# 第一部

我已經很久沒有笑過了。

求職前，我還能對無關緊要的事情笑出來，保有所謂「假笑」能力，但從某一刻開始，卻徹底喪失了這種能力。我依循母親凡事都要正向思考的遺言，活得像是一枚無論如何拋擲都只會出現同一面的硬幣。我愛笑、善於體諒，也很能忍讓。

儘管我一直相信美好的事物都是美好的，但我從未期望的一面卻出現了。如今，硬幣有了兩面，但看著陌生的那一面，我卻分不清那是原本的那面，又或者整枚硬幣都被掉包了。我暫時不做出判斷，並視之為成熟的表現。

讓我感到如此煩躁的，是幼兒園的新生「鄭恩宇」。

「恩宇，你的朋友們討厭你這樣，快停下來。」這句話我不知道重複了多少遍。恩宇吵著要別人叫他「Milo」。雖然他才六歲，嗓門卻響亮得驚人，只消大喊一聲就連隔壁班的導師都會被驚動，此刻他已跨過陽光班的門檻跑進來，身上的圍裙也隨之飄揚。

「又是恩宇？」

「對不起，我會多加注意的。」

「英雅老師，真是辛苦了，那孩子真傷腦筋。」

我強行奪走他那已沾滿手上油漬的糖果髮圈，還給了知秀。知秀如雞屎般大小的眼淚，從猶如櫻桃般被打磨得光滑油亮、糖果造型的髮圈表面滑落。我用雙手包覆住孩童紅通通的小臉，感覺就像握住軟綿綿的暖暖包。當知秀傷心的淚珠咕嚕滾落到我手背上時，即便錯不在我，我也會心生罪惡感，痛苦地咬緊嘴脣。

即使正正當當地拿回自己的東西了，知秀還是在觀察著恩宇的臉色。那模樣教人心疼，因此我輕輕地摸了摸知秀的後腦勺，然後摟住了她。

「對不起，我沒有叫恩宇『Milo』，我做錯了。」

「不是知秀的錯。」

「我不會再叫他恩宇了。」

「老師幫妳教訓恩宇。」

恩宇偷聽著我們的對話，似乎認為女生理當受到指責，卻得到老師偏袒，氣憤難平地往我的背上踢了一腳。

「我叫Milo，不叫我Milo的人才是壞人。」

「恩宇！不可以打老師喔。」

「可以！可以！可以！」

恩宇把髒兮兮的襪子往我背上抹了抹。我知道那是沒有穿上室內拖鞋、踩過洗手間地板的襪子，因此出自本能地萌生了抗拒感。我惡狠狠地瞪著恩宇。

已經不是第一次了，包括俊赫、源俊、瑟娥、夏琳在內，恩宇欺負了很多孩子，而且開學也不過才一個月。理由都是一樣的——因為孩子們不肯叫他Milo。

「你的朋友們會害怕，老師叫你住手！」

我咬緊下脣，依然緊緊地抱著知秀。每當承載全身重量的小腳使勁踩在我的背上時，我的腰桿就感到發麻。這情況絕不能想成是人與人之間的事，否則我說不定會搬出做人的道理那套，然後忍不住把拳頭插入六歲小孩的太陽穴裡。唯有想成是人類對上「成為人類之前的某種東西」，才能忍受這個情況。還不如把他當成小外星人，才能克制住這種無可奈何的憤怒。

儘管這是一種大人的傲慢，而且令人作嘔，但我不得不忍受，因為我已經是大人了。

「是她先做錯事的！我叫她不要叫我鄭恩宇。」

「恩宇！立刻停下來，老師要生氣了。」

「要生氣就生氣，我會跟媽媽告狀。」

「媽媽也絕對不會喜歡恩宇這樣耍賴的。」

「不然想怎樣！想怎樣嘛！」

最終恩宇彷彿成了被沒收遺產的三代獨子似的在地上打滾，放聲痛哭起來。那個嗓門非同小可，足以讓耳蝸宣告罷工。那個小小的肚子裡究竟怎麼會有那麼驚人的力氣？孩子們紛紛用小手摀住耳朵，也跟著情緒激動地大喊大叫。

下午一點，陽光如霧氣般透過窄小窗戶灑落，陽光班因為這些小怪獸的咆哮聲而成了戰場。

「恩宇啊。」

「呃啊啊啊！」

「鄭恩宇。」

「啊啊啊啊！」

冤屈悲憤的心情搔弄著恩宇的喉頭，彷彿煽動著他要哭得再更聲嘶力竭一點。孩子無法平復內心的激動情緒，雙手開始胡亂揮舞，就像異常氣候造成尺寸驚人的冰雹，嘩啦啦落在我的背上。

倉鼠在咬人時會閉緊雙眼，這樣人類的手就會鮮血直流。無論是什麼樣的生命體，在抵抗危急情況的瞬間都會卯足全力。所以，一個六歲小不點的暴力行為足以使我的脊椎劇烈震盪，讓我在劇痛下咬緊牙關，這種情況也不足為奇。

二十七歲的人生，還是頭一次原封不動地接受如此強烈的暴力。既然他先打了我，我能宣稱是正當防衛狠狠回敬他一下嗎？無法實現的欲望讓我攥緊拳頭，但成年人的理性壓制住我的本能。我只能忍讓。但我真的，很難再忍下去。

「鄭恩宇！老師叫你住手了！」

我忍不住叫喊。聽見大人帶著真心的咆哮後，受到驚嚇的學生們停下了笨拙的咆哮，凍結成了冰塊。嚇，倒抽一口氣的聲音此起彼落。

「老師討厭我們。」

「媽媽……」

眾多僵直的脖子望著我。我想像著他們年幼的擔憂轉化為一支嚇人的紅筆，在工作評價表上跳舞。老師「對我」大吼，老師「只」討厭我，老師冷落「我」。令人害怕的不是孩子們未經修飾、令人生憐的受害意識，而是存在於那背後，大人們未經修飾的盲目信念。

「不是的，老師對不起你們，真的很對不起。」

我用不知所措的手摟住恩宇的肩膀，祈求原諒，而我也早已不自覺地屈膝跪下。為什麼看到這孩子就無法控制我的心呢？恩宇雖有他過人的本事，但我本來不是這麼容易動怒的人啊。

今天恩宇也直到觀賞了我的憤怒與屈辱後，才露齒笑了。停止無理取鬧的少年以快到令人氣得牙癢癢的速度，平復了情緒。碰到這種時候，恩宇只會吐出這麼一句話。

「You nailed it.」[3]

受到屈辱後握緊的拳頭藏在圍裙的口袋內不停顫抖。可是說來也奇怪，只要恩宇說出「You nailed it.」，我就會像帕夫洛夫的狗一樣反射性的露出笑容。

每每對這孩子感到憎惡時，我那深信早已喪失的笑容就會迸出來。那不尋常的笑容，才真正是硬幣被隱藏起來、讓人感到陌生的一面。

3　原書注：具有「你辦到了！」的稱讚意味。

＊
＊
＊

正規課程結束的三點，多數學生都準備放學了。如果要搭幼兒園的車，就必須要在三點十分之前搭上黃色校車，但在校車準備期間，那些孩子會聚在一起閒聊。他們會用清脆響亮的聲音嘰嘰喳喳說個不停，話題從正在流行的麵包附贈貼紙到動畫《收服！迷你寶》（*Teenieping*）中誰最厲害，時時刻刻不停改變。

恩宇在庭院用玩具鏟子堆沙堡。

「對不起，剛才老師對你發脾氣了。」

我陪著孤獨的孩子玩泥巴，試著讓他的心情好轉。恩宇必須待到晚間託管時間，所以到了五點也無法回家。因此，沒有其他孩子能陪他一起玩耍，如果不是我，到晚上為止，他都沒有說話的對象。

「是老師做錯了，好嗎？」

見他不應答，我心想他是不是在鬧彆扭，觀察著他的表情，看他一面噴出鼻息一面堆沙的模樣，心情應該不算太壞。

這小子又不把我當一回事了啊。一想到這兒，我又產生了想以人對人的方式對待恩宇的衝動，但這樣是不行的。我必須把恩宇當成「成為人類之前的某樣東西」來對待，才能體諒這個存在，才能寬宏大量地理解他。我必須維持率先成為人類的格調，亦即恪守大人的職責。我只能束手無策，舉起雙手雙腳投降。

「Milo, I'm sorry」

「我知道了。」

恩宇只用不到一秒的時間看了我一眼（那眼神近乎側眼一瞥），然後再度專注於沙堡。儘管我的腦中上演了各種針對敵軍的簡陋沙堡所進行的恐怖攻擊，但我仍是竭力按捺住了。身為幼兒園教師，我能做的只有效法聯合國的維持和平部隊。

「堆沙堡好玩嗎？」

「我可以一個人玩，所以老師就進去工作吧，老師不是每天都會在紙上寫什麼嗎？」

他說的是學生學習日誌。

「老師不在，真的沒關係？」

「對。」

「一個人玩，不是很無聊嗎？」

「這個很好玩啊。」

恩宇用手指著旗幟，從紅、黃、藍三根旗幟中挑出紅色，插在沙堡頂端，接著——

「呀啊。」

他伸出腳踢垮了沙堡。前天，昨天，還有今天，這孩子總是如此。

「不管是什麼，比起打造它，弄倒它都更有意思，媽媽這樣說的。」

＊＊＊

院長親手切好了香瓜，盛裝在紅色盤子上，端了過來。從她特地為了不吃籽的我逐一挑去的模樣看來，她對今天發生的騷動耿耿於懷。

「哎呀，國外都是這樣教孩子的嗎？」

她很難為情地笑了。智藝的家就在幼兒園附近，她的媽媽早上送來了香瓜，香瓜在冰箱冰了很久，吃起來既冰涼又香甜。用臼齒碾碎果肉後，汁液把舌頭給浸濕了——至少在不發一語地感受甜味的這段時間，我遠離了壓力。

「看來，以後要拒絕讓住過國外的孩子入學了呢。老師的身子還好嗎？」

「我沒事。」

「真擔心恩宇會在媽媽面前把白天的事說得不好聽呢，真怕他媽媽會跑來施壓呢。我該事先打個電話嗎？……」

院長裝出親切的模樣，目光在盤子上的香瓜片與我手上的叉子巡視。是啊，智藝的媽媽雖是免費把香瓜給了院長，但院長可沒有必要免費替我削。看不見的帳單已經來到了我的耳邊，我也只能替吃下的東西付帳了。

「送他回家時，我會好好說的，讓彼此都不會為難。」

「好，讓妳被折磨了一整天，真抱歉，還把協助放學的工作交給妳，我從今天開始，晚上要去上皮拉提斯。」

「啊，是……」

「不知道是不是晚年得子的緣故，恩宇大概從小就嬌生慣養。」

「應該不是晚年得子造成的，也有很多這樣的孩子，但都很乖巧。」

「是啦，恩宇特別與眾不同吧。可是，妳不覺得有點奇怪嗎？」

「哪裡奇怪？」

「晚年得子的都是琴瑟和鳴的夫妻，但恩宇他們家……哈哈，開玩笑的啦。」

「哈哈哈……」

「英雅老師，我看妳最近都沒笑容，至少還能這樣笑笑，看起來真好。」

院長露出空虛的微笑，接著用她那隻大手輕輕撫摸我的背部。雖然蹩腳的安慰不如閉嘴，但活在這世上，有時就是得互相容忍不必要的事，而我也和院長分享了相同的表情、空洞的情感。轉身後瞬間就揮發的這個笑容，實在太輕盈了。

總之，學生的學習日誌只剩下最後一名學生、這麼一張了。我垂下目光看著右上方韓文與英文共存的名字。

鄭恩宇，這孩子是從澳洲墨爾本與母親兩人單獨回國的。母親將戶籍遷入哈拿洞[4]，開了家叫做「渡口」的烘焙坊。聽說她從與丈夫分開的數年前就獨力撫養恩宇，直到今年才歸國。在這年頭，每個家庭多少都有一些心痛的過去，我不能以家族史來判定恩宇的行為，我必須克制自己，面對其他學生時也是如此。

只不過，我倒是做了項推測，那就是恩宇在成長過程中想必是經濟無虞。開學第一天，恩宇帶了一大堆麵包來和朋友們分享時，我以為他是個留學歸國的小少爺。就算罵我庸俗也無所謂，畢竟孩子的T恤上有MAISON KITSUNE的狐狸刺繡，背包也是BEANPOLE KIDS的，恩宇沒有哪一天身上穿的不是名牌服飾。子女果真就是映照出父母的一面鏡子，分毫不差地展現了父母所擁有的從容餘裕，所以我也很自然就把恩宇想成是備受呵護的傲嬌孩子。

但，很快就揭開了真相——這種想法是我的傲慢與偏見。

無論再怎麼年幼稚嫩，孩子終究是個人，所以在融入同儕團體之前，機靈地察言觀色是人之常情。特別是中途入學的學生，在物色到值得親近的人之前——換句話說，就是找到能倚賴的靠山之前（這「靠山」也包含了教師），照理說不會顯露出真實性格才對，但恩宇卻不是這樣。從第一天開始到今天，類似的情況反覆發生，因此，要讓這孩子坐在副駕駛座上，護送他回到烘焙坊這件事絕沒那麼容易。

我摺疊好圍裙，替恩宇洗了手。我將日誌擱放在已經下班的院長辦公桌上，牽起恩宇濕漉漉的手。我們走向停車場，佇立在車前。

砰砰，敲兩次引擎蓋是我長久以來的習慣。

「為什麼要敲呢？」

「因為可能會有街貓在裡面。」

「那又怎麼樣？」

4 編注：此地名為作者虛構。

「如果沒發現就開車，貓咪可能會死掉。」

「貓咪死掉的話，車子會壞掉嗎？」

「車子可能壞掉，但不能讓貓咪受傷，所以才這樣做。」

坐在副駕駛座的恩宇似乎很有經驗了，只見他俐落地繫好安全帶，接著將鼻子湊到芳香劑前。至少他對事物充滿好奇心的模樣與同儕無異。我在確認導航定位在「渡口」附近的公共停車場之後，握住了方向盤。

「老師。」

「嗯。」

「這樣活著不累嗎？」

這個小不點，才六歲的小傢伙，從剛才就一個勁的頂嘴。

我必須忍耐。我在胸口揣懷了三把刀，不做任何回應，只是大口吸著氣。恩宇快速地出手拉住打算駕駛的大人的手，迫使她看向自己。

即便只是隻小手，但未經同意的接觸仍讓我皺起了眉頭。這狂妄踰矩的行為讓我無法管理好表情，也導致他發現了我眉頭深鎖。我失誤了，我不該把這孩子當成是與大人同等的人類，「他畢竟是個孩子」，所以擅自抓別人的手也情有可原啊。我只能作如是想。我老是犯下把恩宇當成一名成年人的失誤，而恩宇則目睹了我不成熟的表情。

這次果然也不例外。

「You nailed it.」

我竭力咬住嘴脣，忍著沒讓自己露出微笑。

* * *

「渡口」是一間純素烘焙坊，與25超市隔著一條單行道，兩間在同一天開張。25超市是採用自助結帳的中小型超市，售價比一般物價平均便宜百分之二十五以上。

哈拿洞的居民都斷定25超市的開張是個錯誤的決定。他們單純地認為，即使同時採取低價與自助結帳的策略，也只會吸引購買力低的消費者，之後25超市肯定會因為各種竊盜事件而蒙受損失。雖然有傳聞說25超市是不諳經營的外地人抱著隨便開店的心態跑來開業，但教人意外的是，25超市的生意十分興隆。

相反的，「渡口」的業績卻很慘淡。僅僅相隔一條馬路，對面有眾多新店鋪開張，呈現出不動產市場上常見的新市鎮景象，兩間店中的哪一間生意興隆，也就不難想像了。

「恩宇媽媽，您好。」

打開「渡口」的大門，一股鬆鬆軟軟的麵包香氣便竄入鼻腔，店內沒有任何客人，成堆的麵包上也沒看到貼有任何打烊前的折扣貼紙。

儘管我對於必須犧牲下班時間送學生回家這件事很不爽，但仍盡可能假裝出和顏悅色的模樣，把恩宇交給他的母親。

「有點遠吧？」

「恩宇很乖巧，所以一路上都很開心。」

「您要不要吃個麵包？」

「沒關係。」

恩宇被媽媽摟入懷中，用額頭在媽媽的肚子上磨蹭。恩宇媽媽輕輕抱了抱恩宇後，讓他坐下，接著準備了豆漿、奶油麵包與一杯甜橙汁。恩宇狼吞虎嚥地吃掉了麵包，但與其說他乖巧，倒不如說是因為他整天對朋友們大吼大叫，耗盡了體力。

不懂得道謝這點，母子倆可真是如出一轍。

「可以的話，能麻煩您繼續送孩子回家嗎？我會支付費用給您。」

「啊……」

我明天還要做這件事？我不由自主地發出呻吟聲，但隨即又發揮機靈應變的本領，假裝嘴角沾上灰塵，輕輕拂去，但教人惋惜的是，女人讀出了其中的含意。

「如您所見，因為生意不是太好，我必須拉長營業時間，哪怕是多一分鐘也好。」

「渡口」的麵包品質很出色。恩宇來上學的第一天，品嚐他帶來的麵包時，馬上就能察覺這點。光是目睹最終面臨報廢命運的無數麵包無論如何也不貼折扣貼紙的景象，就能明白女人對自己的作品多有信心。只是價格太貴依然是個敗筆。我雖然心想是否該建議她設立社群網站帳號嘗試宣傳，但肯定不會有消費者為了吃麵包而特地跑來僅有「鄰近首爾新市鎮」這個特色的哈拿洞吧。雪上加霜的是，女人對客人並不客氣，而且不親切的程度逐日變本加厲，最後「渡口」只能淪為蒼蠅的飛行場。

「偏偏對面有那種超市，也販賣了許多麵包，您一定很傷腦筋。」

「很神奇吧？」

女人用食指指著玻璃窗外正對著「渡口」大門的25超市。有別於門可羅雀的「渡口」，一群在購物袋裝滿食材的客人接連走出超市。

我的目光被某個一邊在手上旋轉著吐司袋一邊走出來的男人吸引過去。

「即便是製作一片吐司，我們也不會添加任何糖分，全部是使用友善環境的純素材料，卻敵不過25超市販賣的兩千韓元的奶油吐司，那個男人是在地區報社負責環境新聞的實習記者。」

「您怎麼知道？」

「因為他不久前才來採訪過『渡口』，說想在報紙上刊登哈拿洞僅有的幾家環境友善烘焙坊。他的報導寫得很精采，可是碰到真正要挑選放入口中的東西時，比起自己所寫的文章，他更看重戶頭的餘額。儘管工作時說謊，但下班後倒變得老實。」

「您一定大失所望。」

女人快速收回食指，臉上卻意外的未見一絲不滿。

「一點也不。」

在「渡口」有當日出爐當日出貨的原則，相反的，那男人手中提著的奶油吐司是用GMO[5]麵粉製作，因此保存期限比普通麵包更長，甚至也沒有詳細標示製造工廠的地址，所以中間究竟經過什麼樣的流程、是否衛生都無法確知。即便外包裝上頭印著很久以前的製造日期，但不管是今天、明天還是後天，吐司都會持續販售。

一想到25超市的劣質商品，我的眉間猶如故障的彈簧般嘎吱嘎吱作響。那種店應該要消失不見吧？社區居民也應該有所覺醒，不該單憑廉價這個理由就持續消費。我們有必要為了未來而做出更好的選擇。我認為做出更好的選擇、擁有更多考量，才是真正的市民意識，因此暗下決心，絕對不在25超市消費任何產品。

大量生產、機器製造、環境破壞、不公平出口、缺乏衛生的製造方式，儘管掛著這些標籤，25超市的麵包仍然輕輕鬆鬆地贏了「渡口」的不加糖、環境友善的純素麵包，理由很簡單，因為「渡口」的吐司要價九千五百韓元。

即便這樣，女人依然笑容不減。

「『渡口』肯定會比那間超市更早關門大吉。」

「不會的！您的店一定會生意興隆的！聽說有很多店為了減少人力成本而引進無人經營的方式，後來碰上了竊盜問題，25超市一定會馬上倒閉。」

「所以他們才會選擇哈拿洞吧。」

「哈拿洞怎麼了？」

5 編注：指 Genetically Modified Organism，基因改造生物。

「附近有西向大學，西向醫學研究中心[6]不也進駐了嗎？這裡不只是新市鎮，也是聰明人的聚集處。」

每逢考季來臨，莘莘學子總會熱烈地討論西向大學，因此哈拿洞有不少補教機構。搭乘新開通的地鐵，也只需花短短四十分鐘就能抵達江南。想當然耳，這裡的教育熱情高漲，學生的學業成績也位居國內前段班。雖說居民的經濟能力沒富裕到能住在江南，但大人們的鼻梁是朝著江南彎曲的；還有，比他們鼻梁更彎的則是他們的子女。有個笑話是這樣說的，為了遷入某政治人物家的戶籍，那些關係比遠親更遠的孩子都排起了隊伍。

「意思就是說，這裡住的人都是寧可忍受往嘴裡放入劣質食材、也絕對無法忍受被當成小偷而遭受批評的人，因為聰明人都很膽小。」

「那不就是道德感強的意思嗎？」

「要懂得膽怯才會遵守道德囉。」

女人說著令人難以產生共鳴的話，同時嘴角依然保持上揚。我忽然好奇起來，當恩宇說「You nailed it」時，我糊里糊塗地露出笑容的臉，是不是和她的表情一樣。

女人八成已看破一切了吧。那笑容是一種自嘲，而此刻，說不定她正為了掩飾這點而演起索然無味的黑色喜劇呢。因為老早就有許多人為了取得學區優勢而搬來此地，因此學期中轉入幼兒園的孩子也呈現增加趨勢。女人雖然沒有明說，但恩宇的入學很可能也是採相同模式。

懷著那樣的決心，隻身帶著兒子，大老遠從澳洲來到這裡，甚至還經營了一家無法與25超市抗衡的良心商店，生意卻差成這樣，怎麼樣都得說出那種台詞來自我合理化吧。我覺得至少自己得伸出援手。

「我買一個，這個。」

6 編注：此處的大學及醫學研究中心，亦為作者虛構。

「您喜歡裸麥麵包嗎？」

「因為，我想，多一個人消費這樣的產品，會比較好。」

要是每天讓報廢的商品堆積成塔，女人的烘焙坊肯定很快要關門大吉了，如此一來，恩宇的家庭就會多增加一項不幸，恩宇的性格會變得更加扭曲，而女人也會成天哀天怨地，無法再致力於守護環境與健康飲食文化的店鋪。

我不能讓那種事發生，我好歹得守護這一切。此外，這些麵包，如果沒有人吃掉，就會全數變成廚餘。

我覺得某人非得扛起責任，在此消費不可。

「那就隨您吧。」

女人走向結帳櫃檯，刷了我遞過去的卡，把麵包包裝起來。收銀機旁擺了個尺寸跟人的手臂差不多的雕像，但是作為鬆軟麵包的背景陳設，那尊雕像瘦削的四肢彷彿下一秒就會乾癟扭曲，面容則彷彿被吸走了靈魂，色澤呈現霧銅色。我靜靜地凝視著那座寂寥冷酷的雕像。

為什麼要把那種東西擺在這兒？

「是賈科梅蒂的〈迪亞哥〉[7]複製品，聽說他們兩人很親密。」

女人彷彿看穿我的心思，說出了有關雕像的資訊，接著給了我一張一千韓元的優惠券。由於下一次消費才能使用優惠券，因此今天的麵包沒有折價。雖然內心很寒酸地想著，我都替她把孩子送回家了，這點小錢應該替我立刻扣除吧，但我明白這不是身為優良教師該有的風範，因此並未表露出來。

我接過女人給的黃色牛皮紙袋。

「老師，我從剛才就一直覺得，您的眼睛沒有在笑呢。」

7　原書注：此指雕刻家阿爾貝托・賈科梅蒂（Alberto Giacometti）的摯友兼小他一歲的弟弟迪亞哥・賈科梅蒂（Diego Giacometti）。他不僅經常作為阿爾貝托作品中的模特兒，還實際參與了創作工作。據說擁有俊俏的臉龐與修長的四肢，是一位超現實主義藝術家。

「什麼？」

「我覺得嘴笑眼不笑的人很可憐。」

女人揚起頭指向紙袋，我取出優惠券看了看，發現背面寫了聯繫方式，但並不是女人的。

「我在墨爾本時，是在心理治療的領域工作，若是報上我的名字，他們就知道是我介紹的。您有需要的話，可以聯繫一下。」

「是恩宇媽媽您經營的諮商中心嗎？」

「不是。」

「所以是？」

「需要的話，不妨問問，如果您覺得有需要的話。」

儘管當場被要求接受治療讓我極度不快，但我仍習慣性地彎下腰表達謝意。雖然嘴上道謝，但我搞不懂自己有什麼好感謝的；不過，忍受這種不適感已成了人生的慣性。話說回來，我直到最後都沒機會傳達院長要我說的話。

就算說出白天發生的事好了，人家畢竟是恩宇的家人，也不可能理解我們的立場，只會令彼此心生疙瘩吧。是啊，佯裝不知情吧，不會有什麼事吧，不會的。

恩宇看著一臉擔憂的我打開玻璃門走出去，趕緊吞下了麵包，也沒向我道別，而是左右搖了搖食指，咂了咂舌。

那是對我的一種侮辱。

**第二部**

送禮物給銀珠時，如果說出「我在路上撿到」這種含糊的回答就會被淘汰，還不只是扣分這點程度，是從一開始連一分都得不到的那種淘汰。

「聽說這個裸麥麵包只用環境友善的食材製作，我是在一家叫『渡口』的店買的，而且是精心挑選的。這是只用好材料製作的麵包，那間店是一間環保純素烘焙坊。」

「是特地買來給我的嗎？」

銀珠就像是聽到睡覺前可以不必刷牙的孩子般雀躍。

「記得拿來當早餐。」

「謝謝，英雅果然是對我最好的人了。」

「一直以來，都是我該更謝謝妳。」

還有比「謝謝」兩個字更無辜的謊言嗎？

成年之前就經歷喪母之痛的我，離開爸爸的懷抱，在外地度過大學生活。無微不至地照顧我的人，只有銀珠與秀元。若是少了時時擔憂我的好友與始終愛著我的男友，我很可能會活得比現在更不幸。我很感激銀珠的付出，關心她的生活也是理所當然的報恩之舉，只不過，最近的我很少真正對她心懷感激。

晚餐的菜單是銀珠挑的，她不吃的食材類型很廣，要是我先選了反而可能是浪費時間，因此將選擇權全部交給她，從各方面來看都有好處，不需要勞神費力地搜尋美食餐廳，我也落得輕鬆。

「這家的蒜香橄欖油義大利麵很好吃耶，對吧？」

「對啊。」

她也可能會說想吃擺盤有煎烤骰子牛肉的鬥魂義大利麵[8]。

「吃蒜香橄欖油義大利麵，果然還是得配威士忌薑汁調酒最對味，我就點兩杯。」

我完全沒必要加上「我想喝奶油生啤酒」這類的意見，因為——

「我今天想喝奶油生啤酒。」

「跟蒜香橄欖油義大利麵一起吃不怎麼樣吧？口感不協調，香氣也不搭，我就看過有人寫評論說吃完很後悔的，就點威士忌薑汁調酒吧。」

就算提出無知的哀求，我能得到的，也只是刷新多快遭到拒絕的紀錄罷了。

有些沉默，要比任何發言更有效率。

寬大橢圓形的白盤上堆起了一座義大利麵山丘，被橄欖油嚴密包裹住的麵體格外閃閃發亮，猶如用叉子揪住某人的髮絲，纏繞起一座麵條的山峰，那些被捲上來的麵條，彈性好的最先在嘴裡被碾碎，至於缺乏彈性、樣貌寒酸地滑落的麵條，則是在盤子上多苟延殘喘了一段時間。一口塞進嘴裡咀嚼之後，麵體化為混合油漬與唾液的食物殘骸後解體，口腔充滿麵粉與橄欖油的滋味；至於以醋醃製的醃菜，咀嚼沒多久，風味就揮發殆盡了。

銀珠喜歡的就是這種滋味。

「英雅，妳最近還在看那個網路漫畫？」

「我每週四會看的那個？怎麼了？」

「喔，沒什麼啦，我怎麼想都覺得不太對，而且大家也都那樣說啊。妳該不會又看了吧？」

有一套網路漫畫，我從幾個月前無聊時就會看，但這件事惹惱了銀珠。銀珠分享了一篇論壇文章，內容是說網路漫畫作家在十一年前曾經

8 譯注：Toowoomba Pasta，因諧音而被取名為「鬥魂義大利麵」，是帶有微辣風味的奶油義大利麵。

有抄襲其他作家作品的前科。我只是想著「原來這位作家已經在這圈子耕耘十一年之久了啊，比看起來更資深呢」，但銀珠卻義憤填膺地說著作家的抄襲行為有多惡劣，甚至說不定有塊咀嚼的醃菜殘渣因此從她嘴中飛濺出來，藏在義大利麵裡面呢。

當時的情況是這樣的，作家曾在大學時期tracing[9]過同學作品中的幾個畫面後，繳交了作業，該事件已經在十一年前已被公開，作家也正式向當事人道歉。作業最後以零分處理，當事人接受了作家的道歉，兩人的關係也重修舊好。這是個沒有走上對簿公堂那一步，受害者也選擇所謂「原諒」的事件，認真說起來等於事情已經告一段落。然而，銀珠卻認為侵害創作者權利的行為等於是在藝術創意上混淆視聽，作家理當被永久批判。應當把他十一年前的罪過昭告天下，讓世世代代的人都看見，讓他直至死前都無法再次提筆才對。可是他卻膽敢不放棄畫畫之路，甚至以此賺錢，這種行徑多可憎啊！銀珠的主張有確鑿根據，因此說起話來咄咄逼人。

可是這套漫畫很有趣啊……

這是我直到上週四都還在追那套網路漫畫的拙劣理由。

銀珠告訴我的資訊，我都看了，也明白作家曾有剽竊前例這個無法動搖的結論，但我還是看了那套網路漫畫，因為內容很有趣。雖然素材獨特，但劇情普遍且老套，總體來說就是通俗易懂的作品，但看著看著時間就過了。雖然也沒有更多的理由，但這個理由對我來說已絕對充分了。銀珠告訴我的事往往只會帶給我壓力，那位作家的網路漫畫卻能帶我逃離壓力。

我也沒有卯足全力拒絕去看那部網路漫畫，就只是看了。

我的「只是」並不只是這樣。銀珠有一段時間拒買日本產品，將衣

9 原書注：在原畫上放空白紙張描摹線條的作業。

櫃陳列的Uniqlo與MUJI衣服毫不留情地全數丟棄時，我在超商買了四罐一萬韓元的日本啤酒來喝，甚至還在Netflix上看日本動漫，被內容感動到哭得稀里嘩啦。我並不是為了反對銀珠的信念，我從來就不曾認為銀珠的行為是錯的，也沒那個膽主張自己和她的想法「不一樣」。銀珠的行為向來都屬於「正確的範疇」，因為銀珠的行動具有百分之百的正當性，但我卻什麼都沒有，除了「因為有趣，所以我就看了啊」這類的抗辯之外。

如果要在她和我之間畫一條不會彎曲的筆直直線，那條直線的終點只能是銀珠。換句話說，思考的基準不能是我，非得是銀珠不可。這點我是心知肚明的。

倘若我是個理性的人，就應該至少努力遵循銀珠說的話。假設只有我和銀珠兩個人活在世上，神明要進行審判，神將會毫不猶豫地在我的頭頂降下雷霆，因為壞人同樣會是我。

我把自己定義為無恥之人，對於應該效法銀珠感到深信不疑，但仍做出了沒出息的舉動。

我無法理解自己，彷彿一切都像別人家的事。

「英雅。」

銀珠像是行動受限的遊戲角色般，捲著義大利麵的叉子捲到一半，停了下來。她很享受行動因為我而停下的那一刻。

「我希望妳能少看那種東西，我不是叫妳別看，只是要妳少看一點。我希望妳能努力試試。」

「妳說得對。」

「換個立場說吧，如果我是那個十一年前受害的創作者，感覺會有多委屈啊？」

「感覺真的會飽受委屈。」

「明知如此，妳為什麼還要看？」

「對不起。」

聽見我道歉，銀珠就露出了笑容。她的橘色唇彩顯得更加鮮豔閃亮。我只有在見到那橘光上綻放的喜悅時，才能確認她那純粹的幸福。那種表情，就和盯著即將被煮熟、最後一次從鹽巴上跳起的蝦子是一樣的。在那淺淺的憐憫底下，藏有一絲狡猾的興致盎然。若是仔細觀察她的表情，還能看出其中帶有安心的成分，這就是為什麼我並未刻意隱藏過錯，寧可承受無視的原因。

銀珠很喜歡我反省時的模樣。對已然犯下的過錯不求辯解的餘地，直接選擇屈服，低下頭來道歉說對不起——這是我對朋友銀珠照顧孤單的我，應有的報答。若是我垂下頭，雙頰羞愧發燙，說不定她會像是行善般在我的手背印上一吻。就像一名英勇的騎士將孩子從險惡的世界拯救出來，就像一位洞悉真理的學者向浪子施予恩惠那樣。

相較於那些在記者面前聲淚俱下地為了殺人懺悔的罪犯，銀珠更在意的是我能在她面前反省自己的愚昧。即便活在各種如颶風般的事件中，她卻始終更關注我不足掛齒的過失。就算我為了她簽署某些請願書，進行良善公益的消費，具備是非分明的認知，但只要我花上五分鐘看了週四那套網路漫畫，我就立即變成了惡人。

在銀珠眼中，我並未被定義為多面體，僅是無法成為立體的平面，甚至是比那更單純的線段。而立體的她，此刻正與一次元的我一起享用義大利麵。唯有看著扁平的我，她才能心滿意足。為了讓銀珠感到幸福，身為平面的我，只能認分地不多問也不追究，只能更頻繁地道歉。說不定我就是因為這樣才會持續犯錯，為了藉由再次道歉，好讓她感到幸福。

我的食指在手機上滑動。我熱切地查找書籤，這裡一定會有某個轉換話題的東西。

「妳看過這個嗎？」

我好不容易找到了最近流行的TikTok影片。由於結合了毫無意義的音樂與舞蹈，很適合拿來放空殺時間。沒有和秀元見面的日子，我就會看著這種影片打發一整天，上週末也是這樣。

銀珠就像在咀嚼有韌性的口香糖般，狠狠地瞪著我。

「在這個節骨眼，妳還真不識相……」

「對不起……」

我將威士忌薑汁調酒含在口中，醉意升了上來。我並不是因為喉嚨發乾才喝，而是為了假裝真心享受威士忌薑汁調酒的味道，中途還不忘露出微笑。

「英雅，妳有看過這篇電影導演的訪談嗎？他說自己不是導演，而是一名藝術家。他是都沒在看Watcha[10]評分嗎？也太自我感覺良好了。」

若要將世界光譜化，可以簡單分成三大區塊：喜歡的、討厭的，以及介於兩者間的模糊地帶。

在我的世界中，連接兩個極端，猶如橋梁般的模糊地帶，要比明確鮮明的元素更多。相反的，銀珠則是以更為明確的認知來看待世界，因此她期望其中只存在喜歡與討厭的東西。她剝奪了可能喜歡也可能討厭，或者不喜歡也不討厭的某種分類——停留在她自身世界的權利。

當身為立方體的他人毫不猶豫地表現自己是多面體生物時，當他們擁有的想法與銀珠的價值觀不一致時，這時銀珠就會特別反感。理由或許也很簡單，因為當陌生的立方體介入自己的光譜時，銀珠會無法承受。這些相信只有黑線與白線存在的人會畏懼紅色方塊，若是產生衝撞，就會迎來世界變成多彩調色盤的悲劇。

說不定，銀珠並不是討厭別人展現她所無法承受的自我，而是因為感到恐懼——銀珠最討厭聽到的，就是人家說她恐懼什麼。

10 編注：韓國專門針對影視作品分析及推薦的網站。

「銀珠，妳……會不會想得太片面了？」

「我？」

「沒有啦……」

「哪有什麼片面？我只是依照那位導演親口說的話去思考啊，我又沒必要把每件事都考慮進去。」

「抱歉，我沒別的意思。」

「妳有時會惹怒我。」

「真的很抱歉，我請妳吃馬鈴薯麵疙瘩。」

老實說，銀珠是對的，向來如此。銀珠畢業於名校，目前在研究所就讀中，她讀了很多書，還訂閱了報紙，她的話沒有半點是錯的。創作者在十一年前抄襲他人作品的過失，不管是否受到饒恕，都應該終生拿來展示，而參與政治行為是市民的義務，任何人都不能將自己放置於與他人共享的世界中心，甚至不能暴露出這點。這一切事件、事故與現象的背面有什麼樣的隱情，又有誰會逐一考究？

當聰明人下了指示，全世界就理當刪除各種面向，因此當我站在她面前時，同樣很熟練地蜷縮起身子。成為一次元的存在，不是為了我的安全，而是為了她的安全，這是我拒絕成為多面體，以單一面貌反覆犯錯與道歉的理由。

加點的馬鈴薯麵疙瘩上桌了。白色的熱氣舞動身體，讓人看了食指大動。

「為什麼那種人還能過得逍遙自在，到現在還是個問號。在我看來，我們的社會至今還沒步上正軌……」

馬鈴薯麵疙瘩散發出松露的濃郁香氣。只要銀珠允許句子與句子之間有歇口氣的時間，我就會把叉子往馬鈴薯麵疙瘩軟呼呼的側腰插下去。

「上次我給妳看的那篇報導也一樣，大家的反應都一樣……」

看來這段話會拖得很長。雖然銀珠說的話大致上是對的，但就像大叔訓話似的一再重複相同說詞。這種時候，為了避免自己露出一臉無聊，最好來些適當的想像。

「我真的無法理解老一輩的……」

今天就來嘗試聯想接龍吧，就用富川這個地名開頭。跟富川一樣適合安居的，天安；接下來是跟天安一樣適合安居的，安山。

「要快點存錢才能離開這個家……」

繼續聯想下去。跟安山一樣適合安居的，山谷。再來，跟山谷一樣適合安居的，谷城。

「英雅，妳有在聽我說話嗎？」

「嗯。」

「妳怎麼看？」

這個嘛，在列舉的城市中，天安應該是最適合生活的吧。我也不是有多了解那裡，但一直以來都很想在忠清道住住看，因為地方腔調很有趣。可是銀珠問我的問題是什麼？那是什麼自然不重要，只要說出正確答案就行了。

「我同意妳的想法。」

「太好了。」

銀珠笑逐顏開，嘴角如掛勾般往上滑的模樣很是可愛。雖然我已經看了好幾年，但銀珠的嘴型很具魅力。不過，如果不同意她的想法，她就不會露出笑容，因此這世界就在過去十幾年間一直錯過她的魅力，今後十幾年也會繼續錯過。

「我說，秀元學長啊，他最近好像在準備什麼，妳有聽說嗎？」

「秀元哥？沒有，怎麼了？」

說時遲那時快，我們倆的微笑同時垮了。

「妳小心點，我覺得學長真的很不怎麼樣，妳不也聽過他在澳洲生活時被說是流氓的傳聞嗎？」

「都什麼時候的事了……」

秀元有個傳聞是，他在澳洲做了壞事，但這傳聞內幕不明。銀珠和秀元是同一所大學畢業的，兩人曾是校內英語會話社團成員，有過短暫的交流。因此，五年前，秀元結束為期一年的澳洲打工度假復學時，他那年輕健壯的形象不只活在我的記憶中，也活在銀珠的記憶中。

但是與秀元交往五年的當事人是我，關於秀元這個人，也該是由我而不是銀珠做判斷才對。就算我愚昧而無知，但擁有優先發言權的人，也該是與他交往的人才對，這不僅是權利，也是規則。

銀珠經常打破這項規則。

「談戀愛就好，就只要談談戀愛。英雅，知道我們的約定吧？」

那一刻，我嚥不下這口氣，忍不住咬牙切齒，結果不小心咬到了舌頭。淚珠在眼眶打轉，銀珠看我摀著臉頰喊痛，替我在杯子內斟滿礦泉水。我搞得自己一身狼狽，只得難為情地點了點頭，要銀珠別擔心。銀珠用叉子戳了一團馬鈴薯麵疙瘩。

「只要多動點腦，人生就能過得更美好。」

就像被蚊子叮了似的，腫脹的舌頭側面與牙齦內側互相摩擦。好痛，可能流了點血，所以有股腥味。彷彿有火辣辣的滾燙珠子在我的嘴巴內滾來滾去，警告我別輕率多嘴。我停止對話，反芻銀珠那猶如鞭條般的愛。

只要多動點腦。我再次點點頭。

只要多動點腦。只是，究竟要動多少腦？

＊＊＊

我在家附近的超市挑了瓶礦泉水後，在鮪魚罐頭的角落環顧一圈。

難道鮪魚就不能買到環境友善、無抗生素又不加糖的商品嗎？我一邊想著，慌忙地從最低價的一千八百韓元產品移向了五千五百韓元的產品，原因就在於「公平貿易」這幾個字。

我討厭魚腥味，在告別學生餐廳之後，就不曾再買鮪魚來吃，今天的購買舉動別具意義。

一如往常，公寓的停車區擺放了水碗與空飯碗。我在駛入建物一樓的停車區之前，先從駕駛座下車，將兩個碗清到旁邊後，再次上車，將車子停好。已經不曉得是第幾天了。雖然我希望對方可以體諒他人，考慮碗所擱放的位置，好讓車子能順利地出入，但要把我的個人私欲安放在某人愛護動物的善意上，同樣不是什麼好的選擇吧。

我打開鮪魚罐頭，倒進碗裡，然後在水碗裝滿礦泉水。遠遠地，有隻渾身黑毛的可愛小傢伙登場了，但牠並未湊近。我深知貓是種不會貿然靠近人類的生物，因此我能扮演的角色就是抽開手並耐心等候。令人惋惜的是，我的心意今天仍無法打動這個小傢伙。

就在此時。

「這女人又來了。」

三〇二室的中年鄰居穿著拖鞋快速朝我跑來，她邊捲起睡衣袖子邊跑來的氣勢讓人生懼，我不由自主地縮起身子。

「妳為什麼老是把碗清到角落！」

「因為我要停車。如果您能稍微放旁邊一點，我停車或開車出去時，雙方都更安全……」

「我是在問妳，位置明明就這麼寬敞，為什麼老是把我放的碗清走！」

「就算肉眼看起來很寬敞，但停車時，車子要移動的空間……」

「這又是什麼？」

女人把我裝滿的飯碗全部打翻在旁邊的花壇裡，接著神經質地把碗扔到地上，裡面的鮪魚油漬甚至濺上我的小腿。順著皮膚流下的油漬很冰冷，又黏又糊。

「妳是打算殺了這些孩子吧？是想餵牠們吃滿是鹽分和油分的東西，讓牠們拉肚子嗎？」

「我只是想和阿姨您一樣，替牠們準備飯……」

「成天把水碗移來移去，飯碗也移來移去，明明就不懂，還往裡頭放人類吃的東西，是沒見到前幾天有兩隻貓死在前面嗎？就是因為有像妳這種無情的人，生活才會這麼艱辛。」

我一時啞口無言。

「年輕人怎麼一點都不懂體諒別人。」

我雙手合攏，頻頻點頭賠不是。對不起、對不起，看到我謙遜地直點頭，女人似乎才消了氣，停止對我鼻子指指點點，上樓回三〇二室去了。我連忙從車上拿出濕紙巾，把撒在地上的鮪魚碎屑掃成一堆。

生活總以這種方式與我的努力擦肩而過，即便選擇本身是良善的，但只要它們並排堆積，也很容易變成一種惡行。為了避免有一丁點被鄰居討厭的機會，我親手清理了碗，試著照顧街貓，還為此盡可能購買不存瑕疵的產品，但我一連串的努力，只因一個沒有去除鹽分的鮪魚罐頭便成了惡行。在威嚇我的中年人的眼中，我不過是個為非作歹的反派罷了。我沒辦法緊揪著她的衣角解釋我的所有選擇，在我們的世界中，附加說明也是犯規的。

追求善良的道德欲望，就像參加注定失敗的遊戲般不合理。

每當努力換來侮辱，我就會想起銀珠。在銀珠的世界裡，環保是重要的。當我送星巴克的保溫杯給銀珠作為二十歲的生日禮物時，她指責我為汙染世界環境的美國資本主義做出了貢獻。那天，我道了歉，而在那之後，過了五年，我又不小心送了保溫杯給她，她憤慨地表示保溫杯只要超過一個就必須視為垃圾，因為保溫杯的存在是為了減少一次性用品的使用，若是購買超過一個，意義也就消失了。

「英雅，妳是故意這樣對我的嗎？」

銀珠說，如果不能遵守所有細微小事，任何信念都無法達到純粹無瑕。我無法反駁她的話，因為那句話也是純粹無瑕的。當世界毫無顧忌地朝著我伸出手指時，低頭是我應得的報應。

25超市也屬於相同的脈絡。人們沒錢，卻想購買各種食材，這樣的樸實欲望免不了會受到責難。為了拯救幾乎見底的戶頭餘額，人們辛辛苦苦守護自己的選擇，然而當各種選項並排在一起，匯聚成「25超市商品」這種劣質產品的瞬間，最終他們眼前也只能剩下「不負責任的選擇」。

我揉皺手中的濕紙巾，今天也看到了我的背後有黑色斗篷飄揚的幻象。我逐漸變得瘋狂，忍不住收起了笑容。

指尖散發出鮪魚的腥味。

＊＊＊

除了吃喝，什麼事都讓人高興不起來。就算活得比先前更拚命，心靈的水分仍徹底乾涸了。難道，我的人生無法迎來豐收的季節嗎？

過去看了會笑到肚皮要炸裂的搞笑影片，如今也只感到索然無味。好像不知從何時起，我被掉包成了另一個人，這是一種相較於變化、更近乎退化的感覺。

所以我更努力地想要好好活下去。為了不去迴避總是觸動我神經的人事物，我緊緊抓住人們塞給我的東西，踩死試圖在情感地表上引發地震的群蝶。我心想，若是這麼做，這些東西就能像從未存在過一樣。只是，一旦碰到恩宇露出微妙表情稱讚我的瞬間，那些折翼的蝴蝶仍不可思議地孵出了卵——笑容。最近，我常常會被奇怪的點逗笑。

即便面對秀元，我的腦子仍想著恩宇與銀珠。

「妳不是喜歡鍋物嗎？怎麼吃這麼少？」
「因為大蒜味很重。」
「是因為怕爸爸會擔心吧？不告訴他就行了。」
「我會覺得抱歉。」
媽媽的死因是胃癌，所以爸爸對食物格外敏感。我從小就和媽媽一樣胃不好，與爸爸同住時，幾乎無法吃大蒜。但是，我就和生前喜歡大蒜的媽媽一樣，並不討厭大蒜的香氣。
反而更接近喜歡。
秀元替我舀了一勺火鍋湯到碗中。因為碗裡還剩下一些料，湯汁溢了出來，我強忍住內心的煩躁，用濕毛巾擦拭了桌面。
「英雅，妳最近很累吧？」
「我沒事。」
「妳看起來有事。」

「我不是說我生理期來嗎？」

「那就更要吃好一點啦。」

或許我也在自我欺騙，就連吃吃喝喝也無法讓我高興起來。但至少，我相信這些行為能讓我高興——在面對秀元的每一刻，我都會如此自我催眠。

只要碰到生理期，我們就會去吃有油漬漂浮在上頭的肥腸火鍋。和秀元交往的五年間都是這樣。他是個暖男，就算在炎夏也願意每個月陪女友一起吃滾燙的火鍋。

「我自己吃。」

「知道了。」

「謝謝你擔心我。」

其實我一點也不感謝。

我們面對面吃飯時都會笑得很頻繁。不是因為說了什麼有趣的話題，而是因為我們是男女朋友，只要是男女朋友，就應該愛著彼此，這份愛中必須存有絕對的好感，是為了證明這點才笑。交換相同紋理的微笑，是彼此心意相通的信號，也因為這種交換，我們獲得了安全感。

但是，自從笑容消失，秀元與我臉上的情感紋理就出現了分歧，在彼此的世界形成不同的波動。

「英雅，今天，妳可以期待一下。」

「期待什麼？」

「我是說飯店，是很難預約到的地方。」

「在家過也沒關係啊，馬上就是伯母的生日了，怎麼不省著花？」

「我自有計畫。」

秀元兀自想像著為驚喜所預定的飯店，自顧自地咯咯笑著。他的嘴角濺上了一滴火鍋湯汁，而相較於他眉開眼笑的樣子，我的眼中只看見那點汙漬，不由得皺起眉頭。秀元的表情很快垮了下來，因此我連忙將嘴角往橫向撕扯，硬是擺出笑臉。

這一餐是秀元結帳，我早猜到會這樣，所以刻意沒點飲料。秀元是一名社工，因為母親身體不適，他每天都得早早下班，無法領到加班或特勤津貼。節日尚遠，獎金也猶如遙不可及的果實，所以只要碰上他請客的日子，我就必須發揮壓抑欲望的智慧，而不是喜上眉梢。

秀元是個好人，意思是，他是個理當被體諒的人。

我們在鍾路的知名手工甜甜圈店買了甜橙口味的甜甜圈組。這是知道女友喜歡在生理期以甜食當宵夜的男人所表達的善意。我接過上頭黏貼紅色緞帶的盒子，再次將嘴角撕成一條長線。

「你特別喜歡甜橙呢。」

「很清爽啊。」

「就這樣？」

「只有甜味太無趣，要有清爽感才更能凸顯甜味。」

「我還是頭一次聽說呢。」

「它還會勾起我在澳洲農場工作的記憶，我很喜歡那段時光。」

「想回到那個時候？」

「妳人在這兒，我還要上哪兒去？」

我是個好人，意思是，我也是理當被體諒的人。

＊＊＊

他所預約的是在鍾路開幕的飯店，就算搭配開幕促銷，住一晚也要三十萬韓元左右。一想到秀元今天支出的餐費、身上新衣服的治裝費及汽車油錢，我不由得閉緊雙眼。他的手頭並沒有寬裕到能為一晚約會豪氣地花這麼多錢，突然有這麼大筆的支出，必定有原因。

不安感猛然襲來。

「要不要在大廳替妳拍張照？」

「沒關係。」

「不覺得這裡很漂亮嗎？聽說藝人也來過。」

「但我還是不想拍照。」

我擔心他會因為我不冷不熱的回答而大失所望，趕緊查看他的表情，但他在辦理入住手續，心情看起來很愉快。他今天似乎真的打定了主意，面對我的淡漠也絲毫不屈服。

雖是週末晚間，但搭乘電梯的投宿客就只有我們。

「英雅，妳記得我們初次見面的時候嗎？」

「記得啊，不是在延南洞的咖啡廳嗎？」

「對啊，雖然現在停業了，但我每次到那附近都會想起妳。」

「我也是。」

我在說謊。

「我們說不定是命中注定。」

如果是五年前的我，再不然，就算是去年的我——肯定會露出閃閃發亮的眼神回應：「真的是這樣」，然而，今天的我，卻只是露出淺淺微笑點著頭，暗自盼望我的樣子會被解讀為完全同意，同時囚禁內心的不同意。

我有必要想起，秀元是個好人。

位於頂樓的二五一二室，比隔壁客房寬敞約莫五坪，我心想住宿費肯定多收了五萬韓元左右吧。我有一股想跑走的衝動，卻在後退時停了下來。

要說我把包包留在車上了嗎？不行，因為包包就掛在我的右肩上。要說我身體不適嗎？同樣不行，秀元一定會要我在飯店好好休息。我也不是不知道，就算同床共枕，他也是個會完全尊重我意願的人。那麼，要說朋友突然生病嗎？不然就出賣一次爸爸？我要怎麼做才能抽身開溜？

我一點也不想打開眼前的門。

「登登。」

秀元從我背後伸出手臂，在門鎖上感應門卡，轉動門把。

地板上滿是紅色氣球，字母花環垂掛在牆上，純白寢具上擺放了插在玻璃瓶內的新鮮玫瑰，桌上則放著紅酒與蛋糕。這幅景象真是糟到不能再糟了。

秀元輕推我的背部，要我趕緊進去，我好不容易才抬起僵硬的大腿，一步步走向前。

「英雅，我們已經交往五年了。」

全景窗前是鍾路的大樓森林。雖然是沒有樹木、沒有漢江，什麼都沒有的那種風景，但以這間飯店的頂樓而言——至少在這間飯店的投宿客人之中——我正欣賞著最出色的風景。

我應當感到開心，但我卻開心不起來。眼前之所以看不到任何一座山，是因為我把高山都關進了我的內心吧。

「嫁給我吧。」

秀元在我面前單膝下跪，把上頭鑲有眼屎般大小石子——也不知是鑽石還是塵埃——的戒指遞向前。提議要在鍾路見面，果真都是精心安排。

李秀元，這個比我大上四歲的男人，比我交往過的任何男人都要善良。哪怕只是安排約會路線，他也會優先考慮到我，紀念日也沒有一天是隨便打發掉的。這個男人愛著我，所以我也愛著這個男人。

直至不久前，分明是這樣的。

或許我的謊言就是從這個男人開始的。「我是在哪兒看到的？是在網路上，上面說戀愛長跑的情侶在婚後也過得很幸福。英雅，妳和我就像多年老友一樣合拍。」每次與他對話時，我都會捶打亟欲衝出喉頭的反駁話語，只讓折得漂亮美觀的紙飛機——那些必然會墜落的冒牌鳥兒——飛出去。

他向來堅持留一頭能清楚看到後腦勺頭皮的二分式（Two-block）髮型，而在我的人生中，我卻希望能至少和留長髮的男人交往一次。我想要一個穿寬鬆長褲比穿直筒棉褲好看的男人，我想要擁抱一個穿牛津襯衫比穿格子襯衫更好看的男人。然而，秀元是個好男人。他當了五年社工，從來沒有詆毀過任何個案，把生病的母親照顧得無微不至，更時時以我為優先。他擁有的一切特質緊緊纏繞住我的全身。善良的蟒蛇大肆舔拭我的眼角，讓我在這五年間看不清前方。

因此，我只能隱藏這個事實——對他的心，早已退化為就連友情也未達、平淡如水的情感。說不愛他的女人，都會變成壞女人，這個善良至極的男人，就連打扮自己的時間都拿來奉獻給女友的男人——不懂得擁抱他的女人，必然是惡人。

我不想變成那種女人，我一直替薄弱的溫情冠上名為愛的帽子。

「媽媽生日時，一起去問候一聲吧。」

我必須收下他遞上的戒指，戴在左手第四根手指上；露出淚眼汪汪的表情、情緒激動地抖動肩膀，則是我應盡的本分。因為我們是交往五年的戀人，即便他在暗示這一刻會到來時，我也該把真實心聲當成雞脖子一樣扭斷，埋到地底下。

這是我自找的。

自找？

妳應該要心懷感激。拜託，吳英雅，拜託！

「我的手臂發痠了，趕快收下。」

我為什麼要和這個男人交往？因為他很善良，壞人才會拒絕善良的人，那可是會遭人指指點點的。為什麼要忍受五年那麼長的時間？因為有個交往多年的戀人，就能證明我的人際關係穩定。或許在這個男人愛著我的期間，我都把這男人當成了工具人。

可是，工具人在向我求婚呢。

這可怎麼是好？

該怎麼辦才好！

「英雅？」

要趁現在逃跑嗎？只要往後退三步，就能站在門前了。但我知道，吳英雅就算死而復生，也離不開李秀元。我就是個不愛他，甚至還看他不順眼，但仍令人作嘔地貼在他身旁過一輩子的女人。萬一我們兩人之中有一個是人，另一個是水蛭，那我就是那隻水蛭。

我就這麼跌坐在地，將臉埋進雙掌之間。秀元將戒指盒蓋上，放進後口袋，接著，沉默良久，才嘆了口氣。

「我也沒期待妳感動落淚，但好歹也該笑一下吧。」

我就像個罪人般，用細若螞蟻的聲音回答，說自己最近真的都笑不出來。

「對不起。」

＊＊＊

我躺在床上，秀元給了我一杯水，以及日本朋友用包裹寄來的EVE止痛藥。他記得我說過生理痛時想試試這種藥，才拜託日本朋友代買。

從現在回推，秀元去澳洲打工度假，是六年前的事了。他當時曾因此與在甜橙農場工作時認識的日本人變得親近，至今也仍保持聯繫。秀元說，去打工度假之後，對韓國及母親的情感反而變得深厚，也才造就了現在的自己。

他那不脫離正道、令人窒息的一貫性，竟然是脫離祖國之後，在異國所奠定的基礎，我實在無法理解這番說詞，也不想理解。

我想起單單為了澳洲這點而無理取鬧的恩宇，以及對日本感到排斥反感的銀珠——所以，即使面對的是秀元，我也笑不出來。

水溫很溫熱。我不怎麼喜歡冷水，所以只要情況允許，他總會替我準備溫開水。就為了準備能吞下一顆藥的水，他特意取出客房內的電熱水壺，這樣的努力令我感到噁心。

我吃過藥後，他便躺在我身旁。我以枕頭高度不舒服為由，轉身望向窗戶。

「我明白妳還沒做好心理準備，但我可以等。」

我的手掌藏在棉被底下，感覺好像有蟲子在蠕動。為了專注在這令人毛骨悚然的觸感，我擅自省略了回答。

秀元還站在我的立場，敘述我們該結婚的原因。他要我婚後辭掉幼兒園教師的工作、好好休息，話語中透露出想立即生小孩的念頭。

「我還不想生小孩耶。」

「妳不是喜歡小孩嗎？」

「我嗎？」

「妳不可能討厭小孩。」

幼兒教育系畢業後，我沒有偏離本行，穩穩地當上了幼兒園教師。要是表姊拜託我幫忙照顧外甥，就算沒有給零用錢，我也會二話不說跑去幫忙照顧外甥兩三天。儘管幼兒園的工作環境惡劣至極，甚至到了惡毒的地步（主要是在薪資方面），但我總在秀元面前吟唱以成就感這條繩索緊綑的讚歌，像是說，孩子們有多像天使、有多美好，就算這份工作做起來艱辛，但是對我的人生帶來多耀眼的光芒。

這時秀元便會將嘴拉成長長的笑容。就算不是秀元，而是其他無關緊要的阿貓阿狗，當我這麼說，他們也會露出笑容的。

「妳就連別人的孩子都懂得去愛，肯定也能把我們的孩子養得很出色，所以辭掉工作也沒關係，我會認真工作的，我們就從簡樸的生活開始吧。」

秀元將手臂伸入我的腰際，摟住了我的腰，將臉埋入我的背部。我望著窗外夜深未眠的鍾路風景，練習著同時弄彎眼角與嘴角。這件事不如想像中容易。現在，我應該說出他所等待的話才對，這可是表達我有多感謝他的最佳時機啊。

這個時間，太陽已經下山很久了，但我依然無法見神一面，只好絕望地閉上了眼。

我想像著在貸款買下的兩房公寓與秀元一起迎來早晨的生活。即便秀元勸阻我，但我還是會為了盡快償還新婚房的全租貸款而無法辭掉工作吧。我們會在每個早晨，兵分兩路，前往社福中心與幼兒園，在各自的地獄死去活來，直到筋疲力盡為止。我們會到夜色沉了才能下班，並以還完貸款前別無選擇為藉口，在25超市購買劣質食材回家。我們會互相對視，一邊細嚼飯粒，一邊討論不存在的抽象未來，迎接夜晚的降臨。依然留著二分式髮型的男人，我會脫下他身上依然穿著的格子襯衫，用舌頭舔拭他的後頸。即便沒有愛，但我仍會發揮愛的演技，再次當起重複這齣戲碼長達五年的深夜演員。我們在適當的時間交纏身體、呻吟，直到身體冷卻下來，再走到公寓的一樓，在貓糧上放好未除去鹽分的鮪魚。我們會手牽著手，讚揚著今晚也很美麗，再次搭上電梯，以此結束一天吧。

我越來越能肯定，若是和秀元結婚，我就會成為惡人。

「哈，靠……」

我無法承受這種可怕的想像，連忙睜開了眼睛。我扭身面向秀元躺著。我將打算把臉埋在我赤裸胸脯上的他推得遠遠的，用所謂的「我們談一談」來保持雙方的距離。

「秀元哥。」

「嗯。」

「萬一我說不怎麼喜歡孩子，你會怎麼想？」

「妳嗎？」

「嗯。」

「雖然會有些失望，但如果是長得像我們兩個的孩子，就不一樣了吧。」

「假如不是呢？其實我討厭孩子，也討厭幼兒園，討厭貓咪，還有……算了，你就當我沒說吧。」

愛人啊，萬一我甚至連你這個人都討厭的話，你會怎麼想？

無論如何都選擇不當惡人，這就像把彈簧緊緊壓在心底不放手。為了不讓它彈到無法預測的方向，我必須自我克制，結果卻導致現在的我與秀元面對面躺著。

這太不公平、太不合理了。

太矛盾了。當堅守善良的種種選擇並列的時候，留在未來的卻是不想要的人生。而此時此刻，又是如此令人生懼。因為我不僅不愛這個男人，認為與這男人共度的未來是種詛咒，還預見自己所做的一切將淪為無用之舉。

難道，在我成為胚胎的那一刻，就注定要成為惡人？

「英雅。」

秀元向我貼近，近到幾乎要碰觸到彼此的鼻尖，然後在我的額頭印下一吻。他將一隻手臂夾在我的脖子與枕頭之間，輕拍著我的背。剛才我所見的蕭瑟街景，此刻裝進了他的眼眸。

「如果內心覺得很痛苦，就去接受諮商吧。」

他用溫柔的嗓音安慰我，但那顫抖的尾音卻盡是苦澀。我抓住床單的一角，再次哽咽地說了聲對不起。

＊＊＊

雖然有很多地方提供心理諮商，卻很難決定哪裡對我才是最有幫助的。於是我到處查看用戶寫在部落格上的心得。

人們喜歡解釋自己心中懷抱的宇宙。在評價與評價之間游來游去就像在銀河與銀河之間漂泊一樣，讓人茫然。為什麼這個地方有五顆星閃爍？那個地方又為什麼只有一顆星卻還得感激涕零？在未親身體驗的狀態下仰賴他人的評價，就像看著外送食物的星星評等想像滋味一樣容易產生誤差。明知別人的舌頭不等同我的舌頭，但仍得容忍這樣的誤差。

發現隸屬「五顆星銀河」的諮商中心時，我的視野明亮了起來。我調整好坐姿，仔細地讀起心得。可惜的是，那種地方的費用讓人備感壓力，但若是因此去找便宜的地方，就會發現那裡一片荒涼，星星數少到讓人昏昏欲睡。感覺光是閱讀別人的心得，就覺得自己變得好淒涼。

根本性的疑問浮現：我真的必須接受諮商嗎？

我打開櫥櫃，想沖泡一杯咖啡，卻發現咖啡豆沒了。經常使用的物品必定會在需要的那一刻耗盡。反正先前購買的咖啡豆本來就是種奢侈品，這下正好，以後要訓練自己喝便宜貨了。

我隨意拿了件外套穿上，走出家門。我想像著，萬一我和秀元結婚了，也就是說，不是現在，而是有一天，我的人生像糖蔥一樣被拉得長長的，被插在遠處某個名為秀元的起點標誌上頭，那我就會判斷自己至少得從現在開始省吃儉用，因為這年頭新婚房的全租貸款也不容小覷。

在藍底白字的25超市招牌底下，依然有許多人潮進場退場。我因莫名的羞愧朝著四周張望，確定沒有任何人會認出我來才進入。原來我也就這樣成了惡人啊。

如今我得省錢了，所以也別無他法。

「媽媽，我想吃塊紅蘿蔔起司蛋糕。」

「多少錢？」

「一塊三千韓元。」

「那就只吃兩塊吧。」

「喔耶。」

商品眾多，寫在價格表上的數字貧弱無力，拿起它們的人們露出心滿意足的表情。他們往前推的購物車內裝滿了各種令人食指大動的商品。那所有劣質食物的外殼，將成為記錄現代的人類世[11]遺骸，不會腐爛，還會在地層內存活千年萬年。我皺起眉頭，強烈顯露出我的厭惡。

「阿姨，這裡的四角褲有買一送一。」

「姨丈應該不穿這種設計。」

「先買起來放，說不定會穿啊，這種價格，不買的話是種損失。」

11 譯注：人類世（Anthropocene）是一種地質學概念，這個詞由「Anthropo-」（人類）和「-cene」（地質年代）組成，指人類活動對地球生態系統和地質環境造成顯著影響（包括氣候變遷、生物多樣性喪失等）的時代。

「那給妳爸爸一件，另一件給姨丈？」

「好耶！」

不知名的人們，不可知的生活，裝滿食物和物品的手推車從兩側經過。這些人就像站在紅燈永久故障的馬路上，雙手抓握著裝設輪子的鐵網，飛向某個方向。他們與缺乏誠意的商品碰撞，把商品裝入手推車；他們彎腰，咆哮，呼吸，比較，然後心滿意足。

「這個鑰匙圈，是和吉伊卡哇[12]聯名耶。」

「太可愛了吧。」

「要一起買嗎？」

「買吧。」

重要的物品，不重要的物品，也許會很重要的物品。雖然不確定是否重要但看起來很棒的物品。雖然看起來不重要也不好、但卻很便宜的物品。裝進去再裝進去，繼續裝，彷彿至少大企業總裁的帳戶餘額在今天屬於我似的裝了又裝，把明明是來節省開支卻又花了錢的懊悔推遲到明天，繼續裝。把在這裡冷眼看待你們的我當成背景，裝了又裝。

我看著他們，不斷地看了又看，端出笑容的臉上感到憤怒，同時又感到安心。我先是想起銀珠，接著看到自己的臉映照在陳列架的反射面上，又想起了秀元。

一個輕盈的孩子身軀從人潮中衝了出來。

「啊啊。」

我呆站著，沒有迴避。我們撞上彼此，孩子一屁股摔在地上。

我伸出手想攙扶孩子起來。

「對不起，你沒事吧？」

孩子的另一隻手抓著巧克力。

12 原書注：指日本的人氣漫畫《這又小又可愛的傢伙》。

「我沒事。」

孩子自行拍了拍屁股，然後檢查了手上的巧克力，幸好巧克力沒有碎裂，完好無缺，孩子咧著嘴笑，我稍微彎下膝蓋。

我們對上了眼。

「你喜歡來超市嗎？」

「喜歡。」

「你經常來這裡嗎？」

「對。」

「每次來都很開心嗎？」

「對！」

後頭有個女人連聲喊了孩子的名字，匆匆忙忙地跑來。當我注視著孩子時，女人的形象在餘光中模糊不清，但這時逐漸變得鮮明起來。

「對不起，他還小，不懂事。」

「沒關係，是我沒注意。」

女人按住孩子的頭頂後，孩子便像個彈簧人偶似的自動點下頭，再一次含糊發出聲音：「堆噗起。」那孩子看起來毫無歉意，反倒因為手裡拿著心愛的東西，一臉幸福洋溢。

我靜靜地站立，望著這對親暱的母子，就像在盛夏時節盼望冬日的人；像隻頭顱被吞噬後才意識到四肢尚未被咬掉的昆蟲，像條沉入水底後才領悟到自己有鰓的魚；像個走在空蕩蕩的走廊意識到假期到來的孩子。

我變得篤定，在這裡，不幸的人只有我一個。我可以改變，因此我必須接受諮商。

我站在咖啡豆的陳列架前時，秀元傳來了訊息，說找到了願意免費提供諮商的研究中心。

那個地方的電話號碼，和恩宇的媽媽告訴我的，是同一支。

**第三部**

電話沒有接通，為了以防萬一，我傳了訊息表示「是恩宇的母親介紹我的」，對方在十分鐘後便打來了電話。

「您好，您是透過恩宇的母親介紹才打來的嗎？」

「啊，對，沒錯。」

「是不是還有其他人介紹呢？」

「我男友也有介紹，但……這很重要嗎？」

「我們目前在進行免費諮商和治療，所以介紹人全都得記錄下來。」

雖然也向其他諮商中心事先打聽過，但從沒有聽說過免費的服務。有些地方說院長諮商一小時要七萬韓元，碩士級輔導員的諮商則是每小時五萬韓元。金額與方式就和出席朋友結婚典禮前去的彩妝美容院差不多。

恩宇媽媽與秀元告訴我的是同一個地方，這種命運般的一致性帶來了奇妙的信賴感，也沒有其他地方能動搖我心中的這種感受。

因此，就在週末早晨，秀元親自開車送我到中心。多虧了他，我才能輕鬆舒適地來到外觀全白的西向醫學研究中心前。下車前，我接過秀元遞給我的水喝下，舒了舒胃。貼有橘紅色貼紙「小心玻璃」的自動門一開啟，便散發出醫院特有的消毒水氣味，室內非常乾燥，且帶有一股寒意。

研究中心的室內和一般精神健康醫學科沒兩樣，簡直讓「研究中心」這個名稱黯然失色。我在櫃檯掛號後，坐在米白色的皮革沙發上等待，眼睛卻不知道該看哪裡。我佯裝專注在發出嘈雜聲的電視，機器內有個人正激昂地大呼小叫。記者大聲嚷嚷著要大家嚐嚐濟州島捕捉到的方頭魚，那表情就像豆沙都掉光的秫糕[13]般滑稽可笑。我注視著喝了一匙解酒湯便翻起白眼、顫抖不已的男人，暗自想道：

他是收了多少錢？

真沒想到我會來這種地方。這就是傳說中的職業倦怠嗎？說不定是憂鬱症的早期症狀。我不想放任自己被稜角劃傷的精神狀態不管，所以才努力到這一步，因此我肯定還有重生的餘地。單憑這種決心，我應該就屬於「正常」的範疇吧？

我對著體內的自己吟誦咒語：既然到今天為止，我所做的選擇都沒有錯，現在的痛苦也會立即消失不見的。我會沒事的，沒問題的，我現在很正常，之前也很正常，往後也會活得很正常。沒有任何錯誤，這只是瞬間的不安與稍縱即逝的憂鬱罷了。然而，我無法區分這是自我激勵或是自我防禦。

「吳英雅小姐。」

「這邊！」

「請到一號診間。」

一被叫到名字，我便像撲騰亂跳的方頭魚般從沙發彈起。那是渴望回到大海的魚兒在掙扎。既然我的身上沒魚鰭，就只能揮動雙腳，走到一號診間門前站著。我產生一種錯覺，彷彿只要打開眼前的門，就會有個燈光輝煌燦爛的舞台開展。是累積多時的疲勞造成的嗎？我甩了甩頭。

「有個最為野蠻的女人來到了我們西向市！請看看這女人是怎麼大口喝下用濟州島方頭魚熬煮的解酒湯！」

我猛力甩頭。現在我感覺到的是幻覺嗎？好似有蒼蠅在大腦皮質之間築巢產卵。是最近太疲倦了吧，怎麼會有這種妄想……

13 譯注：將秫粉捏成圓球狀後，沾上豆粉或碎紅豆而成的年糕，為濟州的特產。

「讓我們譴責這個把『甲酚』和『甲醛』混合製成的物質稱為殺菌劑的膚淺智慧吧！我們之中沒有人比這女人更無知。既然如此，首先必須被譴責的人，不就是這個女人嗎？請看看這個不該生於世上的女人！」

我聽見彷彿噪音般的幻聽。我真的生病了嗎？我吃錯什麼了嗎？這都是在胡說些什麼？我用手掌啪啪拍打太陽穴，耳朵頓時感到火辣辣的。

「吳英雅小姐！您怎麼了？」

「啊，沒什麼……」

打起精神，吳英雅。

我打開診療室的門。不知道這間研究中心走的是什麼路線，背景音樂正在播放貝多芬的《悲愴》。雖然我對古典音樂一知半解，但《悲愴》是我唯一知道的作品。這是當有人想測試我的音樂素養時，能勉強讓我避免被瞧不起、值得感激的音樂。有個人身穿醫生袍，站在全白空間的正中央，她的名牌寫的不是名字，而是「史嘉蕾」這個暱稱。

「您來得正好。如果您有什麼煩惱或想吐露的事，請說出來，不必有壓力。喔，對了，我並不是精神科醫生。」

「您不是醫生？」

「我不是精神科醫生。總之，您不必太放在心上。」

「喔，好……」

「您的煩惱是什麼？」

我是初次接受這種諮商，因此在看別人的部落格心得時做了練習。我就像小時候打電話前一樣，先構思對話，琢磨自己該說什麼話、該怎麼說才好。聽說第一次開口是最困難的。雖然內心充滿了經歷的種種苦惱，但實際要說出口時，自我審查的念頭卻變得強烈，導致當事者一句話都說不出口。「如果不是家破人亡、傾家蕩產那種程度的痛苦，就不該來到這種地方。」這種不該有的內疚感造成了心理負擔，不過，與醫生面對面的瞬間，是能在他人面前展現內在洪水的罕見機會，因此大家提出的共同建言是：與其自我審視與反省，不如鼓起勇氣。

每當我搓揉乾燥的手，就會發出彷彿摩擦紙張般的聲音。

「過去的我消失了。」

「您之前是什麼樣的人，現在又變成什麼樣子？」

「以前……我很平凡……大概吧……現在呢……」

「現在變得不平凡嗎？」

「不是，現在也很平凡……」

「您慢慢說。」

「我感覺自己開始討厭周圍的一切。」

我從未仔細思考過腦海裡浮現的那些文字的具體筆畫，只是含糊地把它們歸結成「討厭」二字。我不會去注意體內有什麼樣的我，而她又在吶喊著自己討厭什麼。為什麼呢？或許是害怕吧。因為替負面性的吶喊安上擴音器的瞬間，就在承認自己正在輕蔑什麼的那一刻，我是惡人的事實也會不言而喻。我心想，只要不替貼在腳後跟的影子命名，就可以假裝那不是我的。

「我每天都感到很不快。」

史嘉蕾在表格上記錄著。她垂下眼皮時，與注視我時的溫度不同，她是個服務精神出色的女人。

「是有誰在折磨您嗎？」

「沒有，嗯，別人也都經歷過這種事吧？職場上有令人頭痛的狀況，看鄰居不順眼，和交往對象的感情不如以往，就是反覆出現這些事。」

「您希望如何改變這個狀態呢？」

怎麼改變？很簡單。

我想要有時能一面聽著貝多芬的《悲愴》，一面假裝自己很懂，但有時也想要邊聽K-POP邊扭腰擺臀。我想在他人試圖構築我的日常時，反駁他們說出的箴言，想和試圖守護箴言的銀珠作對，也想對秀元坦承我不愛他。儘管如此，我仍想獲得尊重，不，我甚至不奢望像尊重那般貴重的心意。

這裡有我，正在對你說些什麼。你雖討厭，但我仍希望你能留在我身邊。我想從貝多芬，從叔本華，從銀珠，還有從秀元口中，聽到那個回答。

「我希望能好好解決，卻無法如願。」

「您現在是不打算解決，還是無法解決呢？」

這個提問讓我閉了嘴。我是因為無法解決才來到這裡。我彷彿成了無能的人。

「沒關係，我們的研究就是為了解決問題而存在。」

女人操作起牆面螢幕，輸出了大腦照片與學術用語。

「常言道，必須轉換心態，視野才會改變，但所謂的心態指的是大腦功能。統率情感與行動的角色是由額葉的前額葉皮質[14]掌管，前額葉皮質與大腦皮質下的構造會相互作用，形成情緒。」

畫面中的大腦前端被畫了個紅圈，播放了好幾條神經沿著皺褶亮起的動畫效果。

「簡單地說，調節額葉的部分功能，就能改變情緒。」

女人補充說明，此過程雖是免費進行，但仍處於尚未商用化的實驗階段，因此必須嚴格保密，還說之所以要記錄推薦人的姓名，也是這個原因。

實驗？看到我臉色有異，她立即翻開數張文件，說明這個實驗是以澳洲大腦科學中心與美國醫學研究單位簽訂的投資為基礎，因此可以保證技術無虞。只不過亞洲人的數據不足，因此要在國內正式實施有困

14　原書注：覆蓋額葉前端的大腦皮質。

難。老實說，從這邊開始，我就算聽了也聽不懂。

我運用蹩腳的理解力來做總結：女人建議我參加實驗，這是關於調節額葉功能能否改變人類情緒的實驗。

「沒有副作用嗎？」

「注射的刺激最多只維持四週。前額葉皮質是聯合皮質，因此神經元會出現連鎖反應。給予一次刺激後，會依序對範圍內的神經元造成影響，但持續的時間短暫。如果用盡全身力氣毆打一個人，可能會造成致命傷，但如果分散力量毆打十個人，他們很快就會復原。相同的原理，妳的大腦也會在四週後恢復原狀。這四週內，如果妳的心理狀態好轉，就足以證明這項治療的價值。」

「意思是沒有副作用嗎？」

「就算有，也很小。」

「會不會中毒或突然陷入腦死……應該不會吧？」

史嘉蕾推了推眼鏡，很豪邁地大笑。

「就算吃了感冒藥，人也可能會死，但您曾經見過身邊有人吃感冒藥而死的嗎？」

眼前有份合約書，並未要求費用，但用了三頁篇幅記載需要對外保密的事項。這些事項比口頭說明的詳細許多，但用語艱澀，讓人完全無法理解。

我的心中依然有疑，但此時坐著的地方是國家所有的西向醫學研究中心。史嘉蕾說，只要我想，隨時都能再度來訪，追究文書的公信力與效用。

「對了，我忘了一件事。這不是換大腦手術，而是刺激局部部位，對它進行控制。」

就在我握著原子筆苦惱之際，看見手機跳出秀元的訊息。他鼓勵我，就算會花很長時間也沒關係，把需要的諮商都做完後再離開，訊息的最後是一句「我愛妳」。

我對秀元來說是個好人，意思是，我是理當被體諒的人。

往後，我也想這麼相信。

＊＊＊

治療不到三分鐘就結束了。治療方式是在前腦與大約頭頂中央的部分照射紅外線，在該部位削去大約豆子般大小的頭髮。只要改變髮線方向，把髮絲移到另一邊再用髮夾固定就能蓋住那個部位，但我還是擔心會被人瞧見，因此撫弄了好幾次那個部位。

「英雅，妳覺得有什麼不一樣？」

「我不太清楚。」

「肯定有什麼改變了。」

「很難說。」

「妳仔細想想。」

「不知道。」

「妳想像自己，是在訓練治療部位。」

「我就說不知道了啊。」

「妳試試看嘛，說不定會想起什麼。」

「嗯，附近有賣濟州島方頭魚解酒湯的地方嗎？」

「濟州島方頭魚解酒湯？誰會用方頭魚來煮解酒湯喝？」

「有啊，聽說還是人氣餐廳呢，我在電視上看到的。」

「沒有那種東西，該不會是治療的副作用，導致妳產生莫名其妙的想像吧？」

「我在電視上看過啊，為什麼當我在胡說八道？」

「好啦，我相信妳，可是沒有什麼變化嗎？」

「哈，靠……」

我都已經接受令人存疑的治療了，但依然不愛秀元，面對他鍥而不捨的擔憂也不覺得開心。反倒是我這麼努力卻無法獲得想要的結果，這讓我感覺自己冤枉極了。把時間耗在無謂的事情上，甚至道出令人羞恥的個人隱情，這讓我氣得一回家就打破花盆，藉此洩憤。

不滿足的狀態持續了好幾日。

我在幼兒園大聲喝斥的次數變多了，被院長指責的次數也隨之增加，但聽到恩宇說出「You nailed it.」的瞬間，我必定會笑，笑得還比接受治療前更為激烈。

我對自己萌生了一種違和感，心想該不會是因為接受了刺激憤怒的治療所導致的吧，於是打電話去追問，但史嘉蕾說絕對不是那個緣故，要我安心。

送恩宇回家時，坐在副駕駛座的恩宇直瞅著我的髮夾，那是我為了遮掩治療部位而別上的。

「老師。」

「嗯。」

「髮夾是誰送給妳的？」

「男朋友買給老師的。」

「好俗氣。」

去你媽的。

光是有這個念頭就讓我嚇得立即摀住了嘴。由這孩子引發、累積的壓力變質為激烈言詞，趁我不注意時試圖衝出喉頭。而且，感覺比先前更強烈。

確實有什麼變了，是我所不知道的什麼。

「老師為什麼要遮住嘴巴？」

「你別管。」

「是裝可愛嗎？」

「裝一下可愛不行嗎？」

是啊，就只有你可以說話不經大腦嗎？我也打算說話不經大腦。

又來了，我再次摀住嘴巴。

恩宇側著頭，更加留心觀察我的異常舉動。我趕緊降下車窗，讓強風灌進車內。幸虧髮絲不斷飄揚，恩宇沒辦法看清楚我的側臉。為了不讓髮夾滑落，我以單手握方向盤、另一隻手按住髮夾的狀態開車。

秀元曾再三叮囑，就算技術再怎麼純熟，也絕不要用單手開車。管他的，這裡可是韓國耶。

「老師。」

「又怎麼了。」

「我已經在韓國數了超過五十個晚上，但爸爸還是沒回來。」

恩宇鼓起的雙頰像藏匿食物的小老鼠那樣微微顫動著。關於他的父親，外界知道的就只有他是韓國人。想必是他媽媽說了謊，告訴他只要乖乖聽話就能見到爸爸。她難道不明白，沒有希望的約定會對孩子造成創傷嗎？

我該覺得他可憐，但我卻不這麼覺得。如果他是個平常安分聽話的孩子，說不定我還會因他稚氣的傷痛而紅了眼眶。

我沒什麼能對這孩子說的，這並非因為我是壞人，而是這孩子自找的。

「老師。」

「老師現在在開車喔。」

「我真的很討厭被叫恩宇。」

「恩宇，你一直跟老師說話，這樣很危險。」

「我討厭人家叫我恩宇！」

「好、好。」

「我想要別人叫我爸爸替我取的名字。」

「到了，下車吧。」

不管這孩子喜歡或不喜歡，只要他必須和此刻來迎接的女人住在一起，他就得當鄭恩宇。我早已在陽光不太充足的陽光班迂迴地教過他無數次，但這孩子依然執迷不悟。

今天女人的店裡也沒有來客，女人的臉上卻不見應有的陰影。這女人的身上想必也少了什麼，又或者，是有什麼滿出來了。

「我聽說您接受治療了。」

女人拿了一個我日前購買的裸麥麵包，說是免費的。

「有什麼不一樣嗎？」

「沒有。」

「沒有嗎？那我傳對治療有幫助的連結給您。」

「可是，您是怎麼知道我接受治療的？不是有簽保密合約嗎？」

「因為是很熟的同事，所以有聽說。」

「所以您才會推薦我啊，因為要徵求實驗對象？」

女人露出可疑的微笑。

「以後，您一定會很開心。」

很開心？哪裡開心？我感覺自己像是被什麼危險計謀給矇騙了，於是把女人給的麵包像是用丟的放在結帳櫃檯上。女人將髮絲往後梳，甚至哈哈大笑，她不斷重複地說著同事很值得信賴、技術已經成熟，完全不需要擔心的說詞，那個模樣就和在研究中心見到的史嘉蕾如出一轍。

「大家都是為了成為更好的人才接受治療的呀，這份信念絕對沒有錯。」

女人傳送了一個備忘文件到我的手機，上頭密密麻麻的，都是不明所以的網路連結。我懷疑包括她的這個舉動也是計謀的一部分，因此依舊眉頭深鎖。

「因為就算神拋棄我們，我們也無法拋下自己。」

「那是什麼意思……」

「希望您今天能盡情歡笑，懷著愉快的心情入睡喔。」

女人再次將麵包塞到我懷中，我拒絕了她。要是再待久一點，也只會聽到意義不明的話，於是我逕自轉過身。

「我其實不喜歡裸麥麵包。」

我留下這句尖銳的話作為道別，而恩宇朝我豎起了拇指。我不想聽到他經常說的那句話，所以摀住耳朵，朝外頭走去。

對面的25超市，依然人潮眾多。

# 第四部

每次沖完澡，我都會仔細吹乾頭皮才躺下。儘管沒有吹乾就會有頭皮屑的說法令人在意，但我更擔心的是頭髮被濕氣悶住而散發出的難聞氣味。光是想像有人看著我掩鼻的情況就覺得毛骨悚然，因此即便是在深夜洗頭，我也總會吹乾頭髮。擔心會吵到三〇二室的鄰居休息，所以習慣把吹風機調到第一段。

「這些連結裡，寫了身體的調養方法嗎？」

我任由水滴從半乾的頭髮滴落，坐在椅子上。我打開電風扇，把雙腿抬放到書桌上，背靠著椅背，感覺到涼風竄入了寬鬆的褲管。我喜歡陰毛的水氣蒸發的感覺。

第一個連結是網路論壇的文章，內容是關於一名二十多歲的年輕人因為購入中古進口車而毀掉人生的故事。由於通篇盡是膚淺的措辭，我很想立刻關掉，但以「我想死」開頭的內容勾起我的好奇心，忍不住讀到了最後。男人的信用等級是第八等[15]，但在違法貸款的推波助瀾下，他以全額分期付款的方式入手了五千萬韓元的中古進口車。年利率為百分之二十五，而他以保險費和生活費為名目籌到了高達一千萬韓元的備用資金，可是車子沒多久就故障了。男人被索取了巨額修理費，加上分期付款，每個月要負擔的金額超過兩百萬韓元。男人是所謂的「車貧族」[16]，他用文字痛苦地哭訴，說自己的人生因債務而生不如死，但文章底下卻是成列抨擊他沒出息的聲浪。

這不是我平常喜歡閱讀的文章類型。與其花時間看這種文章，我寧願繼續讀上個月購買的古典文學。然而，當我的腦海中描繪出某個人陷入泥淖般處境的哀嚎畫面時，心臟卻怦怦狂跳不止。就像正式開跑前，我隨著腳的脈動數著他人絕望背影的刻痕。

完蛋的人生，破爛不堪的人生，四分五裂的人生。我暗自盼望故事中的男人無法克服難關。因為唯有克服的情節缺席，他的絕望才能顯得純粹無瑕。就算那是劣質的黑色也無所謂，畢竟原本黑色才是最純粹的色彩。

這是我未曾窺探過的世界。只要是不曾經歷過的，都會伴隨著一絲悸動，不論那是什麼。

「呵呵。」

我忍不住笑了。這都隔了多久啊。

第二個連結，同樣是網路文章，是關於一名社會適應不良的日本人

15 韓國的信用等級制度曾以「等級」劃分，分成第一等級（最高）到第十等級（最低），一至三等為優良，四至六等為普通，七至十等為高風險，但這個制度已於二〇二一年改為「信用分數制」，類似美國FICO系統。

16 譯注：Car Poor，指負債開名車的年輕族群。

三十年間足不出戶的故事，還附上了訪談資料。這人平時靠父母接濟過活，生活起居都在附設洗手間的四坪房間內，但他連父母在客廳選擇用極端的方式結束生命都不知情，就這樣過了兩週，直到接到報案的警察衝進家門時，他才摟抱著已然腐敗的雙親遺體，流下懺悔的淚水。男人崩潰的臉孔是最大的亮點，就像徹底融化的冰淇淋。留言已經超過三百則。

「呵哈哈哈。」

我又笑出來了。

第三個、第四個連結，都記載著無名的不幸。各式各樣的黑暗，絕不尋常，卻也從未超越一個人的生命經驗。窺視他人的痛苦人生勾起了我的罪惡感，目睹他人的人生全然翻轉的瞬間卻又帶來快感。惡是有鉤子的，一輩子都想活得善良的那顆心，霎時間被綑綁起來，懸掛在鉤子底下搖搖晃晃。我的大腦被醃漬、浸泡於宣洩的快感之中。

我爆笑出聲。

捧著肚子，我像個初次觀賞搞笑影片的孩子似的笑到滾地。即便是在過去，我也不是能笑得如此開懷的人。此時的我很不正常，這種笑不是我過去所認識的笑。

這是歡喜。

當我注視著在苦難中掙扎的人生，內心便湧現我的人生與其相距甚遠且安然無恙的喜悅，我的人生比那些卑微之人加倍燦爛的安心感，還有彷彿用腳輾壓骯髒東西的刺激感。這些感受猶如煙火般炸裂開。與這些人生相比，我那討厭秀元、討厭孩子、討厭貓的過失，根本連過失的邊都沾不上。

幸災樂禍[17]是一種全新的喜悅。我沒有做錯任何事導致他們的不

17 原書注：Schadenfreude，指觀看他人的不幸時所感受到的幸福。

幸，因此也不必負半點責任。所以對我來說，他們的不幸也證明了我有屬於自己的自由。

我笑得彷彿內臟都要打結。喉頭不停發出尖銳的嘶啞聲，幸福難抑地吐出呻吟，多巴胺化為豪雨傾瀉而下。

笑聲並沒有消失，而是藏身在膚淺的布簾之後！高尚的不幸無法戰勝膚淺的幸福。雖然不曉得史嘉蕾對我進行了什麼樣的治療，但感覺就像阻塞的血脈打通似的，暢快極了。全身的汗毛直豎，我那惹人愛憐的笑聲充斥整個房間。手掌張開，血液流到了腳尖。我感覺到雙頰開始發燙，照了照鏡子，發現就連耳垂也布滿血色，那些離家出走的感覺同時返家了。

我活著，而且健康得不得了。

這並不是我想找回的過去模樣。這是一張要比那更為清秀、開朗的少女的臉。我瞬間就頓悟了，在這個世界上，有些事是一旦明白了就再也回不去的，今日的歡喜亦不例外。

我點了最後一個連結，至少這篇文章不是膚淺的幸福。

在所有人自由之前，沒有人能完全自由；在所有人合乎道德之前，沒有人能完全合乎道德；在所有人幸福之前，沒有人能完全幸福。[18] No one can be perfectly free till all are free. No one can be perfectly moral till all are moral. No one can be perfectly happy till all are happy.

＊＊＊

幾天後，送恩宇回家時，我採取攻擊姿態質問恩宇媽媽，我所接受

18 原書注：摘自英國哲學家史賓賽（Herbert Spencer）的著作《社會靜力學》（*Social Statics*，一八五〇年）。這與他所倡導的作為自由條件的「平等自由原則」脈絡相似。在此事先說明，引用此段話並不意味著全盤接受他的哲學。

的治療是不是把正常人變成瘋子。她像是一尊沒有靈魂的玩偶露出官方笑容似的說，沒有這種事。

「您以為精神病患是誰都能當的嗎？」

「笑看他人的不幸，不是很奇怪嗎？」

「請您好好觀察，您並不是因為看到他人的不幸才笑的，而是有其他原因，而找出原因，可不是我該扮演的角色。」

「最後那篇奇怪的文章是什麼？」

「就想成是泡麵裡面的配料包吧，雖然整體味道不怎麼樣，但至少有些配料還是用心製作的。」

「說話不能直白一點嗎？」

「您要不要試著從多元角度思考呢？啊，您太年輕了，所以辦不到嗎？呵呵，開玩笑的。」

女人給的杯子底部積滿了甜橙汁的沉澱物。我用攪拌棒攪拌時，成團的果肉如蟲子般飄浮起來。看到這一幕，我的內心充滿疑問，不知道該用什麼攪拌這一切。沉澱在那野獸般笑容底下的「其他原因」，究竟所指為何？

為了逃避這種危機感，我接連看了一系列以悲傷著稱的人文主義紀錄片，幸好流下了淚水，證明我並未變成精神病患。一個為他人生活感到哀傷或是欽佩而流下淚水的人，不會被定義為那種病態之人。

問題在於淚水停了之後。情感上感到巨大的飢渴，我再度尋找讓自己發笑的素材。重溫女人給的連結的這段時間，我產生了抗拒性，如今不管看了什麼，都沒辦法像最初那樣開懷大笑了。

就像那些只要能看到喜歡的電視劇、即便是480P的解析度也願意付費的人一樣，只要能讓我笑到足以媲美初次看到連結時的那種開懷程度，即便是垃圾般的內容，我也願意付錢。我需要那種唾沫四濺、腦中只充滿快樂的瞬間。短暫的喜悅更近乎快感，且極刺激。

刺激是引發上癮的第一個機制，隨著臨界值越來越高，渴望也益發強烈。

笑得更張狂。

更悲慘的不幸。

我需要劑量更強的某樣東西。

我驀然想起秀元告訴我的故事。他說過在澳洲時曾見到有人因為單手駕駛而導致後來車禍身亡的事吧？

我想找到相關報導，所以問了秀元，他把頁面連結傳給了我。車子在下雨的路面上打滑，與對面的來車相撞，一個男人當場死亡。上頭補充說明他是韓國出身的移民者，平時習慣用單手駕駛，過去經常發生擦撞事故。

接著是一張車輛撞到稀巴爛、難以辨識形體的照片，可清晰看到白色煙霧從雨中竄出、朝周圍飄散，澳洲警方忙碌奔走處理現場的場面。

由於輪胎有不自然的破壞痕跡，是否為他殺的臆測接踵而來，但澳洲警察根據家屬的證詞，以事故原因為駕駛人的不良駕駛習慣結案……

我想像著身上每一根骨頭都猶如蒸熟的馬鈴薯般被碾碎的男人，想像著擁有黑髮與黑色眼眸，與我保有相同民族性的那個男人。當他只能束手無策地任由脊椎被粉碎時，發出了什麼樣的悲鳴呢？劇痛到什麼程度呢？我看了留言，說男人有個韓國籍的妻子。

「呃呵呵呵。」

反抗越激烈，就會變得越不幸嗎？不，剛好相反，死神在瞬間把生者變成亡者，其力量會在毫無預兆時顯得更為龐大。儘管人類擁有戰勝死亡的燦爛意志，但那份意志也必須獲得死神的許可才得以發揮。那個無法抵抗、只能無力死去的男人真可憐，可憐得令我忍俊不住。

英明的ＡＩ繼續推薦了類似關鍵字。交通事故現場、事故屍體、事故場面，殘忍的照片連續出現，彷如匯集了恐怖電影縮圖般駭人可怖的世界，未經任何濾鏡修飾，在我眼前粉墨登場。

隨著點擊的次數增加，圖像逐漸偏離了現實，看到的再也不是實際發生在某人身上的悲劇了。臉部被撕成六塊的屍體形象是透過精巧化妝術與先進的ＣＧ技術製作，並不是真實的；相關圖片中血跡斑斑的恐怖電影劇照看起來很粗糙，明顯看得出是造假，換句話說，這並不是活生生的悲劇。

我依舊笑個不停。

「呵哈哈哈，我快笑瘋了。」

我並不是因為看到從現實中的駭人景象而笑，而是看到虛構的駭人景象後笑出來，站在我的立場來看，這件事實屬萬幸，因為我可以把自己包裝成血腥照片愛好者，不必有罪惡感。

越深入陰暗的世界，網路就展現出越是多采多姿的暴力樣貌。被肢解的內臟、分離的四肢、解體的血管……網路世界上，有許多人對那些無法對人類施加的殘酷行為感到渴望。

包括成人認證、實名認證在內，我突破各種認證後，才看見了新世界的隊伍。這些人沉浸於無法被他人認可的快樂，猶如接受漂泊宿命的游牧民族般，為了迴避陽光下的審查，不斷轉移中心。由於他們沒有根基，因此從不排斥任何外來者。他們視隱藏ＩＰ的我為同族，將人類想像中最駭人的資料餽贈於我。

那些資料有個共同點，就是以暴力重現死亡。

醜陋的快感，從許久前就存在於這片土地。

嘔吐物湧上喉頭，我趕緊奔向洗手間。我原本就不是禁得起這種視覺刺激的人。我將這些玩意歸類為不需要存在的不必要之惡，看作是不該經驗的深淵；恐怖片中如果有較血腥的畫面，我也會刻意避開。即便是雙臂抱著馬桶的此刻，我仍忍不住想笑。酸澀的液體沿著嘴巴狼狽地流下，胃裡裝的東西猶如土石流般沖瀉而出，但從裡面爬出來的不像是液體，而像是黑黑的蟒蛇。說不定，我真的吐出了一條蟒蛇。

猶如迄今為了不讓宿主發笑，緊箍其靈魂、堵住其呼吸的蟒蛇。

我抱著劇烈嘔吐後火辣刺痛的腹部，躺在洗手間的地板上。磁磚冰涼，加上沖澡後留有水氣，令人感到不舒服。儘管如此，我依然無法控制斷斷續續流出的唾液與笑意。

可以肯定的是，我沒有瘋，也不是逐漸發瘋。

這就是女人所說的「其他原因」嗎？

＊＊＊

等我回過神來，人已經往外衝出去了。我需要做點實驗。

這是我第二次光顧25超市，已經是晚間十點了，人潮依然眾多。我購買了各為三百克的鹽巴與辣椒粉，包裝是無法回收的合成塑膠袋，商品上找不到衛生認證標章，一看就知道是粉末顆粒不細緻的劣質品，但價格是平時買的一半。

顧客們的手上提著購物籃，伸手拿走了相同的產品。他們用麻木怠惰的眼神探索折扣與買一送一的商品，導致他們的餐桌也被低劣不良的食品所填滿，但至少戶頭餘額能在節儉的庇護下穩定成長。他們勤快存下的錢未來會化為高聳入天的社區大樓搖籃。為了取得混凝土光澤的成就，他們欣然放棄了現在的種種好處。

如此說來，過去的我為了自以為是的正義感而進行道德消費的心態，反而更接近快樂？為了追求精神滿足而不考慮自身處境做出的選擇，僅是短暫的喜悅，是一種剝奪未來長期幸福的愚昧之舉嗎？

我曾毫不懷疑地相信自己為了世界所堅持的操守，是為了公共利益；相反的，那些爬行拂過我手臂的無數螞蟻的幸福，則是極為私人的。資本主義社會鼓勵的主動消費，最終構成了他們的生活本身。

看看充斥於25超市的消費社會塵埃吧。即便在所謂的資本主義體系下，消費有很高的機率變成一種罪惡，但那些人才是遙遠未來的勝者，是能比我過得更好的人。信奉精神享樂更為優越的理念並採取行動的我，未來只能和秀元結婚，過著窮酸潦倒的生活。

以公共利益為目標的滿足感，卻必須犧牲個人的幸福，這就是以道德為名的快樂，所具有的雙面性。

「還以為一輩子都無法理解那些人呢！」

自助結帳櫃檯掃描條碼的音效令人感到神聖，我差一點就要下跪了。全面機械化、低價銷售，為了無數人的未來，這一切都是必要的。就算這些做法會讓正職員工轉為非正職員工，是允許機器文明入侵人類社會的反倫理行為，但到頭來，這一切仍是安撫顧客口袋的必要之惡。

我連這層道理都不懂就侮辱他們，還試圖將我的道德強加於他們的未來之上。

我將鹽巴與辣椒粉抱在懷裡，逃也似的離開了25超市。

回到公寓停好車後，看到旁邊如往常一樣，有個貓咪的空盤。一隻街貓正在舔拭空蕩蕩的空盤底部。我傳訊息給三〇二室的鄰居，要她下來一趟，接著往貓咪的飯碗倒入鹽巴。

「以後就別來這兒了。」

貓咪自然沒有吃鹽巴。牠開始哈氣警告，鬍鬚也直顫動。那獸類的身軀變成一座毛髮豎立的尖山，背部也弓成了圓弧狀。

我也往這小傢伙的水盤倒入鹽巴，未融化的鹽巴結晶漂浮在水面上。

「井水不犯河水，這是必要的。」

為了這隻貓，我每次停車都得看人眼色，倒車時也得先把盤子清走。三〇二室的鄰居向區廳檢舉說在社區遊蕩的流浪狗，體型龐大，可能會咬死貓咪，因此被移送到保護中心的流浪狗在二十天後遭到安樂死。相反的，這隻貓卻存活了下來。這傢伙曾經出掌抓過我的小腿，也刮過我的輪胎好幾次，讓我感到害怕。儘管如此，我也沒向區廳檢舉。因為貓咪是無罪的，這是絕對的事實。但，即便如此，也不表示我就能愛貓。就是因為我沒辦法愛貓，所以才努力假裝愛牠，但還是無法讓鄰居滿意。這樣的我，成了一名惡人。

反觀她，卻根本不擔憂那隻遭到安樂死的狗。

平等內藏著不平等[19]，喬治．歐威爾的這個觀點並沒有錯。包括人類在內的動物，也無法實現完全的平等，因此對待其他存在時，自然只能是排他性的。那隻毛髮散發光澤的貓，對鄰居來說，要比狗兒更珍貴。所謂的愛憐與排斥，是在人類眼中誕生的雙生子。

那麼，我同樣不希望我的愛憐與排斥受到侵害。貓咪連續發出嗚嗚叫聲，乖乖地離開了。

「妳是徹底瘋了吧！」

三〇二室的鄰居匆忙跑來，往我的側腰猛力一推，把我撞倒在地。我早料到會這樣。

我拿出辣椒粉。

「妳這瘋婆子！就為了讓我看到妳折磨貓咪，還特地傳訊息來？我會立刻報警的，妳這個敗類。」

我抓了一把辣椒粉，朝排斥我的人撒去。

「妳幹什麼！」

呸呸，她把滿嘴的鮮紅色粉末吐了出來，大概是鼻腔受到嗆辣刺激，只見她連連揮手。我沒停下來，又抓了一把、兩把辣椒粉朝她撒過去。既然動手了，就把有孔的地方都填滿吧，所以我朝向她的臉扔去；

19 原書注：改寫自喬治·歐威爾著作《動物農莊》中的句子，原句為「動物皆平等，但有些動物要比其他動物更為平等」。

成塊的粉末撞上去時，還能聽見細微的摩擦音。

「怎麼樣？」

「妳這瘋女人！」

「聽說是中國生產的。」

「我要去報警！」

「想去就請便吧，看是要報警還是要怎樣。」

看著她拚命掙扎、氣急敗壞的模樣，我忍不住放聲大笑。我對準那說出「報警」的圓形嘴型撒著辣椒粉。以要填滿發出討厭聲音的嘴巴洞窟來說，三百克的量綽綽有餘。

「討厭我嗎？從今天開始，就盡情討厭我吧。」

「什麼？」

「要討厭不討厭的，很遜啊。」

女人的人中微微打哆嗦的樣子，真是賞心悅目。

＊＊＊

一走進家門，我就把玄關的雙道門鎖扣好，查看了銀珠的通訊軟體檔案。檔案跟平常沒有兩樣。銀珠是個除非休假旅行或有生日等特別事項，否則不會更改檔案的人，在我眼中，銀珠就像只呈現硬幣某一面的人。

我打了電話。

「哦，英雅。」

「妳在做什麼？」

「我在做副業。」

我將手機貼在耳朵旁，坐在書桌前，點進了銀珠的部落格。銀珠自從看了數位游牧民族的相關影片之後，就對ＮＦＴ及比特幣、媒體廣告等等大感興趣。她靠著在部落格上傳資訊性的貼文，每個月就有十五萬韓元左右的小額入帳。

「銀珠，妳不能做那個副業。」

「為什麼？」

「這等於是在助長能源汙染啊。要減少生產數據，才能減少伺服器管理消耗的電量，也才能降低環境汙染啊。這妳不是應該最清楚嗎？」

「幹麼突然打電話來講些莫名其妙的話。」

「妳怎麼不覺得嚴重？之前都只是在假裝愛地球嗎？」

「幹麼一打電話過來就這樣？妳不是昨天還在我的文章上點讚嗎？」

「如果妳繼續當環境汙染的幫兇，我就沒辦法再按讚，也不會幫妳增加點擊率。為了妳，要我變得多幼稚都行。」

「妳是有病嗎？」

電話就這樣掛斷了。

愛憐與排斥。銀珠對自己能守護的一切做出了取捨。她不會用同等的角度去看待或判斷一切，可是她為什麼對我如此苛刻、對我發火、指責我、讓我低頭？

我越來越肯定了，銀珠果然只鍾愛我反省的那些模樣。

時至今日，我雖隱約明白這點，但仍籠統地將銀珠視為「正確的人」來對待。

如果是互相替彼此的貼文點讚的關係，那麼就算見到對方不堪的行為，往往也會裝作沒看見。就算對方做了明顯自打嘴巴的行為，也會說「你是例外」而選擇睜一隻眼閉一隻眼。與其說這是卑劣，不如說是某種寬容。對待我身邊的人，與其爭論什麼是真正的正義與道德，用盡全力脣槍舌戰，不如多給他們留一口飯，還能讓我看起來像個寬宏大量的人。

所以我選了比較簡單的選項。比起讓關係變得尷尬，增添日常的矛盾更簡單。

當有人說出愚蠢的言論，某政治人物卻基於相同政黨而表示支持時，不需要罵他是傻子；有人在販賣差勁的商品，別人卻因為朋友關係而積極替對方宣傳時，也不需要罵那人是騙子。人都是這樣活著的，有時人的本質也很膚淺。

但是，就像在種下蘋果籽的地方長出甜橙樹一樣荒唐，當以期待去堆砌的關係變了調，再加上惱怒與慘遭背叛的情緒，就會造就無法和解的敵人。就像一直支持愚蠢言論的政治同僚，背過身一樣會成為最大的敵人；幫忙宣傳差勁商品的朋友，轉過身也會成為最棘手的投訴者。我下定決心，在銀珠面前成為那種敵人。

即便往下墜落時，我也想穿著邋遢的運動服，但，銀珠，妳呢，就照妳原來的樣子，穿上時髦的套裝和樂福鞋也無所謂。當我們砰的一聲墜落在地，只會感覺到疼痛吧。那時，才是我們真正平等的時候。

我能尊重妳。

但，僅限妳尊重我的時候。

＊＊＊

一週五天，在陽光班這個陽光半掩的地方，我用溫暖的手觸摸著那些尚未長大的哺乳動物，同時懷念著下班後要迎接的不幸。

恩宇非常喜歡點心時間的甜橙，甚至還搶了隔壁孩子的份，但我只是任由他去。兩人互相打來打去的樣子，恰似喝醉酒的中年人一樣沒品，拳打腳踢。原來人不管年幼老少，活著的樣子都是半斤八兩。我邊想著這些有的沒的，邊享受嘴角微微抽動的感覺。不過，趁院長嘮叨之前，我還是拜託營養老師額外多給一些甜橙。她替我裝了六片。

「蒜頭也還剩下一點，英雅老師，您要帶走嗎？」

「食材應該不能擅自攜帶出去吧。」

「原則上，當天用不完的農產品都要報廢，所以，沒關係，您不是一個人住嗎？」

營養老師替我將一把蒜頭裝進了塑膠袋。我的胃腸弱，要是吃了蒜頭馬上就會鬧肚子疼，爸爸也希望我別吃蒜頭，但今天的我，已經不是爸爸所認識的那個我了。

開車送恩宇到「渡口」之後，我隨即在車上吃了生蒜頭。吃了大約三顆，嘴巴內滿是辣呼呼的氣味。回到家後，我大口灌下爸爸從老家寄來、要我絕對別和蒜頭或青蔥一起吃的韓藥。這是爸爸每個月特地為我寄來、毫無用處的心意，是我嫌麻煩所以沒吃、堆到後來積滿灰塵的心意。果不其然，我還沒沖澡，腹部就開始抽搐，痛得就像胃被切割、腸子打結似的。我痛苦地躺在床上。

就讓我好好痛一回吧。我取出平底鍋，放上兩條五花肉，將收到的蒜頭全部放進去。豬肉逐漸熟透，發出特有的香氣，讓人口水直流。

我夾起一塊五花肉，配上兩瓣蒜頭，放入口中，一種背叛父親、褻瀆愛的膚淺快感油然而生。我的內心彷彿被鑿穿似的，出現了未曾見過的空洞。

「好好吃，太好吃了！」

我禁不住笑意。捧著鬧疼的肚子，我盡情享受大腿顫慄的快感。一直守護著自己的那個我，顯然已經悄無聲息地死去。

我拿來原子筆用力按壓、刺激腹部，感覺自己快瘋了。假如裝在這裡面的內臟是條繩索，那肯定早已纏繞得無法鬆綁，徹底損壞了。正是這種感覺，讓我體認到自己身處的不是天國、不是地獄，而是全身猶如一匹小馬般蹦蹦跳跳的「現在」。痛苦成了我活著的證明。我用拳頭捶打腹部，雖然有人說女人應該好好珍惜自己的腹部，但我反而因此捶得更用力。憑藉我的力氣，下手再狠一點！就連那不能觸碰的禁忌，也全憑我的力氣去打破。

相信自己活著。對於自我的確認，從未如此鮮明。

把自己弄成這副德性，令我欣喜若狂，不安感卻也跟著瞬間襲來。這份喜悅既然已鏤刻在大腦，就沒辦法重現第二次了。明天我得靠什麼抵達幸福的臨界值呢？快感越強烈，越是難以估量隨後坑洞的深度。

我該怎麼辦？

該怎麼辦才好？

這時，手機響了起來。

＊＊＊

銀珠的聲音聽來怒氣沖沖，說她正好有話想跟我說，找我出去。她聽說了秀元求婚失敗的消息，比起遭到拒絕的秀元，她更擔心拒絕他的我。和銀珠碰面向來都是選在她家附近的咖啡廳，但這次不知吹了什麼風，她居然跑來我家附近。

「妳不會跟那個人結婚吧？」

五年前和秀元交往時，銀珠大感神奇地感嘆世界真小，內心的不快全寫在臉上，直到現在，她的那張臉也沒多少變化。

「會啊。」

「妳不是拒絕他的求婚了嗎？」

「的確是拒絕了。」

「我知道結婚不是能輕易決定的事，我認為慎重思考比較好。」

「不過該結的還是會結。」

「不，不結也行，我們現在才二十七歲啊。」

我在網路社群平台上傳交往一百天紀念日的照片時，銀珠很不爽。後來我上傳交往一週年的旅行照，她更不爽。到了兩週年旅行、三週年去外面吃飯慶祝時，銀珠也像現在一樣把我叫出來坐著，像是在清水中撒鹽似的一點一點表露她的不滿。直到話語的鹹味達到適當濃度，在我的耳邊縈繞時，我才隱約感受到她的意圖。

「那個人，不適合長期交往。」

「原來妳一心希望我不要結婚。」

「妳該不會到現在還以為我喜歡妳吧？那種推測可是很無禮的。」

「妳又以自我為中心說話了。」

「我以自我為中心？」

從十九歲跨向二十歲的那個冬天，我拒絕了銀珠的告白。高中整整三年間，她那如釀造多年老醬般逐漸熟成的心意，就像不掀開蓋子但仍溢出醬缸的香味。只是，我不能單憑時間夠長就擁她入懷。

銀珠是個善良的好人，她充滿正義感、積極進取，是個懂得推動身邊的人，好讓世界能按順時針運轉的女人，這意味著她應當獲得尊重。

她喜歡尊重她的我。因為每當她的眼神閃閃發亮，說在世上有許多不公、許多該填補的裂縫時，我沒有一刻輕忽以待。我記錄並尊敬她的世界。我之所以輕蔑25超市也是受到她的影響，我無法輕易忽略網路新聞所寫的每一行字，也都是她的功勞。我憧憬銀珠信奉的正義。該說是因為我缺乏那種燃起熊熊烈火的熱血，所以才想模仿她嗎？

所以她感到不舒服。

「幾天前的電話也是，妳最近特別奇怪。」

「哪裡奇怪？」

「英雅，我不曉得妳為什麼要把我的話當成是在攻擊妳。我和秀元哥畢業於同一所學校，我知道他不適合妳，所以才說這些話。」

「知道，妳已經講了五年。」

「妳不知道，那個人在甜橙農場工作時，到處都有傳言，說他是個瘋子。」

「秀元哥是好人。」

「我對妳來說，也是個好人，不是嗎？」

銀珠對我而言，確實是個好人；她是我唯一的好友，也是獨一無二的引路人。她將我從無知的沼澤中扶起，為我一無所知的世界傳播知識與情報。銀珠的勤奮經常照亮我懶散的人生。

銀珠熱愛一切。她熱愛女人，熱愛男人，熱愛他人，熱愛不合理的社會，也熱愛錯位的裂縫。她甚至熱愛批判、厭世、絕望與挫折——又或者，她是如此主張。

說不定，我是從她熱愛世界的心意中誕生的。

「銀珠，在妳眼裡，好人的標準是什麼？」

「妳為什麼講話老是這麼有攻擊性？真不像妳。」

「妳活著是為了看起來像個好人嗎？」

「我今天來，不是為了和妳講這些讓人頭痛的話。」

「假如秀元哥是個壞人，我反而應該謝謝他才是。」

「妳在說什麼鬼話。」

光鮮亮麗、健康的世界，向前飛翔的世界，牢牢地揪住我這愚昧之人的衣領，絕對不使我墜落的世界。

也因此毀了我的世界。

我向店員要了杯冰塊，臉上的笑容猶如汁液般溢出。事實上，打從今天我沒有乖巧地聽從銀珠的話開始，我就難以憋住笑意。我忍了又忍，才勉強憋住。

銀珠是個富有正義感、善良的人，不該受到這種對待，但我幾乎就快為了追求私心的快樂而利用她了。還有更貼切的形容嗎？我們的關係將會成為笑意的祭物。那間研究室究竟對我的前額葉做了什麼好事？我雖然沒有發瘋，頭腦也很清醒，但有很高的機率——大家會把我定義為瘋女人。恩宇媽媽所暗示的「其他原因」，正使我逐漸改變。真希望有誰能來阻止這一切。

不，我希望絕對不要有人來阻止。

「英雅，我是擔心妳才來這裡。」

「騙人，妳不是擔心我，而是害怕我會因為結婚而背叛妳吧？」

「忍耐也是有限度的。」

「妳，不是很焦慮嗎？」

銀珠的臉上起了漣漪。看到由她的五官構成的多條曲線顯得如此寒酸，一股火紅的喜悅從我的內心深處噴湧而上。

有一次，銀珠慷慨激昂地說名為「婚姻」的傳統框架是一種強化父權體制的低級行為，我大致同意這種說法，也補充說自己想避開因婚姻所衍生的各種奇奇怪怪的痛苦，比方說婆媳衝突或伺候年邁多病的男人。我們喝得醉醺醺，嘻嘻哈哈地碰杯，異口同聲地大喊要譴責婚姻制度，而這或許被銀珠解讀成了某種「決心」。

事實上，我是有口無心。我喝醉了，迎合他人所好是我長久以來的宿命，而當時結婚又是極為遙遠的事情。話是這麼說，但那時我內心已經在想，若是碰到理想對象出現，我一定會不管三七二十一就跑去結婚。在我們一起分享的決心中，認真說起來，沒有一項是我誓死會去守護的。

打從一開始，我就是那種人，就算和「銀珠」當了朋友，我的本質也不會改變。

為了不失去聲稱自己告白被打槍後內心受創的朋友，我自願低頭，以卑躬屈膝的「乙方」活下去，這僅是我的前額葉所做出的決定。大腦對我下了指示，因為那女人比我更正確，比我更具道德感，處於比我更具正義感的位置，所以我的頭理當低向地面。我深知服從指示要比違背更能維持「吳英雅」這個人的價值，所以才那樣做，每件事都是如此。

我從來就不曾是個好人。

和銀珠碰面的日子，就連措詞我都得小心翼翼。我相信各種審查與猶豫是使我倆的關係純白無瑕的唯一面紗，對此毫無懷疑。是為了不傷害她嗎？不，是為了不讓我自己受傷。

「妳好像是因為講到結婚的話題才誤會了，我現在有交往對象，妳不要想太多。」

「很快就又會分了吧。」

「妳以為自己現在是在說什麼名言嗎？」

「我知道，又是衝動之下交往的人吧？交往半年後分手，然後又會感到痛苦吧？妳還會同時埋怨拒絕妳的告白後卻又待在妳身邊繼續和秀元交往的我吧？像我這樣的女人，就算死而復生也無法理解妳的痛苦，只能獻上『但願妳的愛情順利』這種祝福般的詛咒。」

「妳可不能對我講這種話。」

「不能對妳說的話不只這些吧？妳只要鐵了心，不是隨時都能把我變成無恥之徒嗎？」

「看來妳平常就對我有很多不滿。」

「妳不是向來都覺得只有自己是對的嗎？只要和妳不一樣，就斷定對方是在敵視妳。」

店員將冰塊杯擱在桌面上，我用單手扶住下巴，先制止了自己想要胡言亂語的衝動。我正在慢慢地跨越那條無法回頭的線。說出沒說過的話是很危險的，按照過往的方式活著，對所有人來說都是最佳之道。雖說治療效果在四週後就會消失，但銀珠與我的關係是數年間延續下來的，這份關係並非只是來自短暫的快感，而是奠基於很可能發展為長期的幸福關係上，並隨著時間醞釀而更為閃耀。

將銀珠的身分認同置於我之上，將銀珠的道德心置於我之上，將銀珠嚮往的社會置於我之上並加以崇拜，我和她之間就不會產生任何問題。

有道德的生活，事實上，於我而言是最帥氣的逃避。我沒有在自己內心打造出口，而是把出口設在像銀珠那樣美好的世界，因為朝著前方逃跑的人不會被罵作懦夫。

但如今，我希望能逃向自己的內在。

「喂，吳英雅，我現在發現妳是個噁心的仇恨散播者耶。妳說的話到頭來就是在憎惡我的所有特質，妳知道嗎？」

銀珠從座位上起身。

銀珠還不明白，光是看見愛，並不足以懂得愛。若想真正談論愛，銀珠就應該多看一眼此刻在這裡的我。正如同唯有汙水存在，方能意識到湖水的澄澈，憎惡在這世上扮演的角色絕對不會消滅。因為她的愛，正是透過譴責汙穢之物才得以完成。

「別逃跑。」

「我才沒有逃跑。」

「不要逃離我的想法。我只是討厭妳這個人，就只是把坐在我眼前的妳當成個體來鄙視。」

「妳的腦袋真的很不正常，真不曉得妳在說什麼。」

「騙人！妳明明就聽懂了。我就是討厭妳！妳總是對他人以偏概全，自己卻死都不希望別人對妳以偏概全！不覺得很矛盾嗎？我就是討厭這樣的妳。妳的環境，妳的價值觀，妳的身分認同，我也都不管，我也只是以偏概全地討厭妳這個人！束縛我的妳，是我人生中最糟糕的存在！」

我將手指放入冰塊杯。

「吳英雅，妳說話太重了吧？好啊，妳和秀元哥結婚吧！就算有什麼問題，我也絕不插手。我以朋友身分規勸過妳，以朋友身分守護在妳身旁，沒想到會遭受這種侮辱，心情真是他媽的糟。」

「『他媽的』是髒話，銀珠。」

「我先前還當妳是個善良的好朋友。」

「銀珠。」

「妳是垃圾。」

「銀珠，我不是在喊妳嗎？」

「怎樣，幹，怎樣啦！」

「『幹』也是髒話，如今，妳也被淘汰了，當不成自己想當的人了。」

眼前的女人不作回應，拿起了背包。答案昭然若揭。變成反派人物的我，將得不到任何人的愛。我很善良地喊了她，喊了聲「銀珠啊」。

「要是我再也無法當個善良的人，妳會怎麼樣？」

歡喜在接受悲劇的瞬間達到極大值。

我抓起裝在杯子裡的冰塊朝著銀珠的鼻梁扔去。「啊！」銀珠抓著自己的鼻子和眉頭發出呻吟。接受冰塊洗禮後發紅的皮膚充滿魅力，我為在暴力下犧牲的友情感到神奇，忍不住凝視許久。事已至此，我乾脆連杯子也一併扔過去。冰塊融化的水潑濕了她的髮絲，平整的襯衫領口顏色變深了。「您沒事吧？」善良的店員沒有向引起騷動的我們發火，而是趕緊拿來乾布替銀珠擦拭。

「我對妳向來都不是友情，而是同情。」

我半掩藏著由衷爆發的喜悅，逃也似的走出咖啡廳。打開門，將腳跨出去的同時，我的口中爆出可比擬蒸汽火車鳴笛般的響亮笑聲，惹來旁人頻頻注目。

＊＊＊

銀珠是我的大腦所吞下的極品美味。

下個禮拜，一個月後，即便是一年後，她也不會和我聯繫。我失去了以朋友之名守護至今的人際關係中最令我自豪的女人。

好可惜，感覺就像失去了一座獎盃。

我先撥過去的電話，還沒聽見她的聲音，訊號就中斷了，訊息也被已讀不回，照理說我應該感覺到罪惡感與後悔的情緒，但我沒有這些感受。

少了銀珠，我就只剩秀元了。儘管她令我疲憊，但她在精神和物質方面都很照顧我，甚至連媽媽的忌日都記得。這段關係是我不能失去的，是我就算精明地動腦筋也得設法延長的關係。

萬一我和秀元結了婚，銀珠是個會把對我曾經的愛、現在的憎惡與情分都塞進禮金包給我的人，我卻親手將這段關係拋棄了，真是愚昧啊。

但是肩扛天堂的阿特拉斯[20]是否也曾向烏鴉祈求？祈求讓他把深愛的世界狠狠摔在地上？

接受治療之後，已經進入第三週。我打算下班回家後讓各種令人發寒的影像填滿螢幕，好好地大笑一場。但，就像相同的笑話聽兩次就不好笑，令我感到愉悅的一切暴力也跌落至臨界值的懸崖底下，變得虛弱無力。就算看了被殘酷斬首的軀體，我也感到索然無味，頂多就是噴出鼻息，輕哼一聲罷了。

但是，若是想起失去的銀珠，我就會再次漾出笑意。她的珍貴，是那些被屠殺的臟器無法比擬的。只要想到再也無法碰觸她，我就猶如打破父母最珍視的花瓶的孩子般絕望。我用雙手包覆住上腹與下腹，氣喘吁吁，近乎窒息，分不清是在哭還是在笑，眼角扭曲，雙頰不停抽搐。

失去銀珠後，如今才感到哀傷？

不，我既不感到哀傷，也沒有落淚，反而大受感動，感到有趣極了。雖然看似絕望，但這詭異的感受的確是快感。多巴胺的祝福在前額葉的皺褶之間持續，令我感到頭暈目眩，比初次看到詭異照片後萌生的幸福感更強烈。

20 編注：指希臘神話裡的擎天神，被宙斯降罪以雙肩支撐蒼天。

我喝了杯水，翻找起高中的畢業照。絕對回不去的。我很清楚我所犯下的惡行是導致關係斷絕的唯一原因，逃避不了名為孤立的審判。這樣下去會很危險。越是對此產生明確自覺，笑意就越張狂。

現在我應該感到哀傷，這樣才對。

我舉起拳頭朝胸口正中央重擊，哀求自己：「拜託妳感到哀傷吧。」我甚至屈膝跪在無人的客廳，自言自語地祈求。我倒滿一杯冷水，身上還穿著衣服就朝自己的頭上澆下。神智越清晰，笑聲反而越響亮。說來也奇怪，看到令人感動的影片時，我依然會流下淚水，可是失去對我而言最該感到哀傷的關係，我卻流不出一滴淚。儘管內心的彈簧依我所願彈跳起來，卻無法指定它的方向。

如此說來，這擅自蹦出來的情感就是解放嗎？這能稱為自由嗎？

驀然，我明白了笑意引領的終點是何處。那種頓悟猶如某個存在的神靈對罪惡纏身的惡人低喃：「你的下場即將到來」，隱密地在我的太陽穴周圍打轉，警告著我。

我再次反覆思考。我想成為好人，想成為好的戀人、好朋友、好老師、好的社會成員，因此我必須盡早回去，恢復成原來的我。

銀珠在咖啡廳說過的話，也有些部分需要確認。

＊＊＊

史嘉蕾與我之間隔著一面先前沒有安裝的透明壓克力板。透明板那一頭的她猶如囚犯。難得看到個案登門拜訪，她卻依然一派從容，那模樣令人憎惡。

「我想盡早恢復到原來的狀態。」

「剩下七天了。」

「您究竟是怎麼改變大腦的？到底是用雷射光照了哪裡，才讓我徹底變了個人！我快瘋了，如今我的人生變得不完整了，只有經歷可怕的事情，我才笑得出來……」

「這是大家都會有的變化。」

史嘉蕾從壓克力板底下的一條縫隙遞出文件，就算再看一次，上頭那些大腦照片和密密麻麻的學術用語，大部分仍讓人無法理解。

萬一，我的大腦是被瘋狂科學家濫用在生產變種人之類的計畫，那該怎麼辦？要是我寶貴的生命與神智被瘋子玩弄於股掌之上呢？現在就連史嘉蕾宣稱的四週期間也不可信。

「我們只有動到前額葉極為細微的一部分，這是事實，文件上也寫得很清楚，沒有任何變更。」

「解釋一下，讓我能聽懂。」

「雷射光動到的，只有NAc刺激體[21]。」

史嘉蕾透過右側牆面的螢幕輸出影像。前額葉特定部位被畫了紅色圓圈，某種物質形成後，猶如電流訊號般沿著大腦的各部位移動。

「我們的言語與行動是出自NAc的選擇。」NAc會判斷在門前等待的多巴胺與麩胺酸的總量並決定一切。意思是，當某種物質居於上風，情緒也會跟著改變。若是多巴胺具有優勢，就會感受到喜悅並維持該行為；若是麩胺酸具有優勢，就會產生控制欲望並停止行為。

她像個機器人般解釋道，眼神看起來有些疲憊。

我用拳頭用力敲擊壓克力板，發出了如同大熊敲打鐵窗時的聲音。史嘉蕾將身體推向椅背，雙手交叉於胸前。連接此空間與外頭的門就在我背後，她的背後只有狹窄的間距。被困於狹小空間的人不是我，而是她，她那份從容不迫的態度打哪來的？

「原來是把我打造成了大腦故障的瘋子啊。立刻讓我恢復原狀。」

21 原書注：指伏隔核（nucleus accumbens）。

「我再跟您說一次。一，您會在七天後恢復原狀。二，您並未變成瘋子。」

「那，幹，現在我……！」

「是麩胺酸的接收功能停止了。」

史嘉蕾點擊滑鼠，畫面中的圖像跳轉幾次後停了下來。三張大腦照片排成一列出現，分別是對照組一號、對照組二號及實驗組。

「對照組一號是犯罪者，對照組二號是普通人，實驗組是像吳小姐您一樣，被實驗對象的前額葉皮質。您看到差異了吧？」

對照組一號與對照組二號的前額葉皮質活動一致，然而實驗組卻不同。三個類別中能看見差異的，就只有實驗組。

「請看對照組一號與實驗組的差異。您的大腦並未變成犯罪者的大腦，因為本來在犯罪者的大腦反應中，我們透過手術操控的部位就不具有絕對性的意義，他們的本性是由其他部分綜合形成的，而這並不是本實驗的研究對象。我們從來就沒有將您打造成瘋子。」

「但實驗組的大腦活動確實變得不一樣了，不是嗎？」

「沒錯。您變成瘋子的說法雖是錯誤的，但說您與其他普通人維持一致性也不算對。」

我的呼吸變得急促起來。我並不想要等史嘉蕾的胡言亂語滲入大腦後，再由我的認知力緩緩消化完畢，我希望能憑直覺理解。她必須不再說那些令人煩躁的話，而是直接把一切說清楚講明白。

趁我還沒殺掉她之前。

史嘉蕾滿臉不耐煩，對著打算用拳頭砸碎壓克力板的我大喊：

「我就說只有限制麩胺酸的接收功能了啊！」

「拜託，解釋得簡單一點！」

「控制，我指的是控制！」

插在頭皮上的每根髮根，彷彿用蘇打水浸潤似的清爽無比，全身開始顫慄，連指節上的汗毛都豎了起來。那個原因。我早已有所預測的那個「其他原因」，終於從史嘉蕾的口中說了出來。

「吳小姐，這個手術只是讓您在四週內不做任何自我控制而已。並不是大腦讓您變成了壞人，而是您所渴望的自由就是目前這個狀態。起初吳小姐您所保有的本能情緒，就是此時的情緒。您懂了嗎？」

「我在接受治療後照常去上班、見朋友，做我該做的事，這算哪門子的自由！」

「不，那些行為從未在您的日常生活中成為枷鎖，它們只不過是被認定為，為了最低限度的生存，您所必須維持的過程罷了。就像嫌呼吸麻煩，但人停止呼吸就活不了。一直以來，您所控制的一切是抽象而廣闊的情感領域。您做好事、說好話、維持良好關係，只追求社會認可的價值。您為了守護這些而不斷自我控制，這方面的功能極為發達，而我們只是讓這件事暫時停下來。七天後，您就會像先前一樣，再次恢復為控制力強的女性。」

「是說我會恢復原狀嗎？」

「是的，我不是說好幾遍了！您到現在還不理解嗎？您會再次變成會有罪惡感的女人。」

史嘉蕾像是懶得再向理解能力差的個案多費唇舌，嘆了口氣後按下了右側的紅色按鈕。

「諮商結束了，請慢走。」

我搖搖晃晃地站起身，望著自己發狂似的敲擊壓克力板而變得紅腫的掌側。

# 第五部

治療有效日的最後一天到來。

恩宇依然狀況連連，而且完全不懂得忍讓，甚至當同學不肯喊他「Milo」時，還抓傷了對方的臉。知秀的右眉骨周圍被指甲劃出一道傷口，上頭有凝結的血塊。

我緩緩地輕撫孩子猶如馬鈴薯般的後腦勺，帶著一臉疲態，試著安撫：

「知秀啊，如果妳動來動去的話，傷口會變大喔。」

「老師，趕快罵恩宇啦！」

聽到自己又被人叫了韓國名字，恩宇在一旁氣得直跳腳。最後連院長和隔壁班的導師都被驚動而衝進了陽光班，但我依然氣定神閒。他們代替我束縛住恩宇的雙臂，大聲斥責他，但恩宇可不是那種靠大人訓誡就能管教的孩子。我用嘴形暗示院長。

「Milo, I'm sorry.」

院長連連說了好幾次「Milo」這個名字，恩宇才總算冷靜下來，一屁股跌坐在地。他也像知秀一樣嚎啕大哭，傷心地問為什麼老是要用他討厭的名字喊他。見到這一幕，我露出了含糊的微笑。

或許恩宇比我更早達到了我所期望的境界。

「老師。」

停止啜泣的知秀望著我，臉上蒙了一抹年幼孩子罕見的冰冷。有人說，孩子就像隻黑貓，就連沒說出口的祕密都能察覺。這個孩子也正注視著我身上的面紗嗎？

「怎麼了？」

「我會痛，請幫我呼呼。」

我把一張濕紙巾放到知秀的手中。不該這樣的。我應該做的是親切和藹地替孩子擦臉，代替恩宇向她道歉才對啊。在體內的某個我從窗檽內不斷喃喃正確的選項，但在廣闊外頭世界的我卻沒聽她的話。

見到史嘉蕾並得知一切後，我的內心依然搖擺不定。說得準確些，是大腦搖擺不定。明知自己必須恢復原狀，但我仍想無視在窗檽內、陳舊的我發出的呼喊聲。

「我們的知秀沒有手嗎？」

知秀輪流看著忙著訓誡恩宇而無暇顧及他人的院長、隔壁班導師還有我。孩子是小大人，懂得隨機應變。知秀對恩宇懷有的怨憤，轉而變成對我的憎恨。

她深吸一口氣後，發出了猶如引爆炸彈般的哭聲。

「You nailed it.」

知秀用嗓門噴發出一座火山，而恩宇在她的耳邊吹了一陣微風。在他低聲挑釁後，知秀忍不住跺腳大聲吼叫。恩宇的喜悅就是這種滋味啊，我不得不讚嘆。

知秀放學不到一小時就和父母一起又回到了幼兒園。知秀爸爸因為看到傷口後大吃一驚，與院長大打出手，而我則是靜靜地站在陽光班的門檻上觀望這吵吵鬧鬧的風景。等待五點到來的恩宇，也同樣挺直了背，站在我身旁，觀賞起大人們瘋狂的舞步。

知秀媽媽大聲哭喊著，爸爸訴諸暴力，知秀則在兩人間用手指著恩宇，想把最後一點情緒毫無保留地釋放出來。原本準備下班的隔壁班導師見狀臉色大變，打算撥一一二報警，但我迅速地搶走她的手機。

「就讓他們去吧，讓他們發洩一下怒氣吧。這是院長的責任。」

「吳老師，妳這麼老神在在，沒關係嗎？」

「快點下班吧。」

我把背包塞入她懷裡，將她的背部往後門的方向推。儘管同事明知現在不是自己下班的時候，卻又抵抗不了準時下班的誘惑，快步逃離了現場。

院長跪著宣告幼兒園會負擔醫療費，夫妻倆則是雙雙指著恩宇，放話說如果沒有聽到那孩子的父母道歉絕不回去。院長的頭幾乎要貼到鞋尖了，低頭懇求他們原諒孩子們不懂事的行為。過了許久，他們才筋疲力竭地回去了。知秀最後還轉頭望著我們。等她的身影消失後，院長便以驚人的速度來到我面前。

「吳老師，妳真是厚臉皮呢。」

「辛苦了。」

「當然辛苦了！吳老師沒有看好孩子們，我才會顏面掃地啊，也不懂得在旁邊幫腔一下！」

「我認為這件事只有院長才能解決。」

我淡然的回答徹底澆熄了院長的鬥志。她露出彷彿看著骯髒飛蟲般的表情，一臉不快。

「吳老師，妳最近特別奇怪。」

「是嗎？」

「看到孩子們打架不去勸阻，還在旁邊觀戰，孩子都受傷流血了，還叫孩子自己擦掉，這幾週的學習日誌也寫得很沒誠意。難不成妳是中了樂透嗎？」

「沒有。」

「妳覺得自己對這件事沒有責任嗎？」

聽了她的話後，腦中出現裂痕的電燈泡鎢絲才亮了起來。如今一切都清楚了。我是真的一點都不熱愛這個世界。

人類果真能像拿刀切蘿蔔似的分割情感嗎？在我內心形成邊界的抽象思緒胡亂傾巢而出。過去，我的心是固體，我為其貼上標籤，揀選適當的時機與場合，將其保管在適合的位置，以便適時適地取出使用。然而，就在史嘉蕾碰觸我的前額葉的瞬間，那一切固體都化為液體並匯集在同一處。喜悅與痛苦混雜，憤怒與悲傷相纏。我是個這樣好、那樣也好的人，正因為如此，無論怎樣都痛苦，都像是受到了詛咒。我陷入了完全無法區分什麼是什麼的狀態。

可以肯定的是，我非得恢復原狀不可。因為我傷害了朋友，還對無辜的孩子展現出惡劣的態度。但是，就在意識到情感界線坍塌的瞬間，我害怕未來再也無法享受這燦爛的混沌。過了今天，匯聚成一體的眾多情感必須再次分離且被囚禁在窗櫺之後。我能忍受每次都要根據時間和場合取用它們的繁瑣程序嗎？

萬一我忍心危害周圍的人、對他們造成傷害都不在乎，或許就沒必要恢復原來的狀態了。我想像著那樣的我。多巴胺猶如洪水般傾瀉而出，口腔內蓄滿唾液。我確定自己一定能變得幸福。

另一方面，我又感到虛妄。曾經那般珍貴守護的「控制」，對我來說究竟是什麼？倘若那是我的世界信奉的宗教，自由就是我的救世主。

「吳老師，妳究竟……」

我再也不想聽院長說什麼了。我打電話給史嘉蕾，電話卻沒接通。看了一下時間，老早過了研究室的營業時間。對頓悟之人降下的救命繩索，將在今日的月亮升起之時，與其一同永遠消失，我卻還沒學會如何與救世主餞別。

我不想背棄即將斬首的自由。有什麼方法，能讓它保存得更久……

「吳老師，妳有在聽我說話嗎？」

「院長，超過五點了。我先走了。」

「我不是還在講話嗎？」

「明天見。」

「吳老師！」

我趕緊讓恩宇坐在副駕駛座上，啟動了引擎。院長憤怒地抓住車門，試圖強行打開，但我直接踩下了油門。只見院長摔倒在地上翻滾，腳踝擦破，頓時鮮血直流。

恩宇對大人的這種行徑並不感到陌生。

「不肯叫我Milo的孩子，都是壞孩子。」

「說不定真是這樣。」

孩子托腮注視窗外的側臉，今天看起來格外不同。那孩子的體內也懷有黑貓的靈魂吧？說不定恩宇才是打從一開始就明白一切的人。因為這孩子是讓我忍不住笑出聲的第一個詛咒，是絕不會將自己所知的一切表現出來的小大人。

「Milo，我有件事想問你。」

恩宇等我接著說下去，但沒有朝我轉過頭。正好紅燈亮起，在等待燈號轉換的空檔，我以沉靜的口吻問道：

「你為什麼要對我說『You nailed it』？」

「我覺得老師聽到這句話會笑。」

「是你爸爸經常對你說的話嗎？」

「不是。我不知道爸爸長什麼樣子，我沒見過爸爸。」

燈號轉為綠燈。我快速掃視了一眼說自己不知道父親相貌的男孩側臉，他那乾淨俐落的稚嫩鼻梁很美。

「媽媽說，這是爸爸聽到的第一句稱讚。因為爸爸在工作上沒辦法適應，一直都很辛苦，但唯一把工作順利完成的那天，爸爸聽到了『You nailed it』這句稱讚。爸爸真的很開心，說感覺就像自己完成了不可能的任務。爸爸還對媽媽說，等我出生後要經常這樣稱讚我，所以媽媽看到我做出比平常勇敢的行為時，就會說這句話稱讚我。」

「看來澳洲人經常在公司用這種話來稱讚彼此。」

「爸爸沒有上班。」

「不然呢？」

「在農場工作。」

＊＊＊

陳列在「渡口」的麵包數量特別少，到處貼著原本沒使用的折扣貼紙。看來生意黯淡，也只能如此了吧，但如今這種事已經無所謂了。我比平時更用力地拉住恩宇的手，將他交到女人手中。

「老師，從明天開始，您不必幫忙送孩子回家了。」

「我有件事想請教。」

「那我去泡杯咖啡過來。」

女人露出了然於心的眼神，將雙手交叉於胸前，接著慢條斯理地操作起咖啡機。那座擺在收銀台上、瘦骨嶙峋的賈科梅蒂複製雕像，代替她與我對視。靈魂被閹割的雕像，即使目光相對，也感覺不到一絲溫情。雕像的眼睛只是被挖鑿出凹洞來，並未真的看著我。

恩宇挑選著晚餐要吃的麵包，在甜橙磅蛋糕前停下了腳步。那孩子是從什麼時候喜歡上甜橙的呢？我想像著甜橙果肉在淡粉色舌面上來回滾動的畫面。甜橙猶如花朵般結實纍纍的澳洲農場、某人的汗水、記憶、時間。呼吸頓時變得急促起來。我覺得自己快瘋了，但無法肯定此時的推測是否真實。我不想這麼做。

這不過是無意義的杞人憂天，一切都只是我的臆測吧。

或許這是橙色的陷阱。

「您也要吃麵包嗎？」

在我表示同意之前，女人已將磅蛋糕裝在餐盤上，咖啡杯、盤子和刀子也接連擺在桌面上。女人是為了讓我方便切下想要的大小，但我沒有食欲，只將咖啡往自己的方向拉。

我的感受變得越來越敏銳，身體狀態也越來越差。我傳了訊息給秀元。「你到公共停車場來，替我開一下車。」秀元馬上回覆說他知道了。

我和女人面對面坐著，大口灌下了咖啡。酸味很明顯，吞下喉頭時感到澀澀刺刺的。

「到了明天就會恢復原狀了呢，您的心情怎麼樣？」

「我就是為這個來的。」

「現在我總算能和您說些什麼了。」

「為什麼把我介紹給史嘉蕾？有什麼……是我不知道的吧？」

「是的。」

女人沒有一絲猶豫。我該像對待銀珠一樣，把冰塊朝女人身上扔去嗎？時候還早。女人用靜如止水的目光注視著我。我想指責她那傲慢的態度，但我知道，在「渡口」，我的意志沒有半點用處，就算想在這裡要點冰塊也不可能。

「我以後會變成什麼樣子？」

「史嘉蕾沒有說嗎？您會恢復原狀。到目前為止，接受那項手術的人當中，沒有人的效果是超過期限的。我和史嘉蕾共事過，她是能力相當出眾的大腦神經專科醫師，一直都是。倒是在此之前，您不是應該先問問自己嗎？」

相似的提問、差不多的回答，瞬間，我感到口乾舌燥。她切了片麵包放入口中。我們的對話顯然不會很快結束。

「我要問自己什麼？」

「問自己想不想回去。」

「我感到很混亂。多虧了這項治療，我做出了至今從沒做過的事。我比任何時候都幸福，也獲得了解放感，但若是繼續這樣生活下去，會很困擾。我會失去所有身邊的人，甚至失去工作，也會失去自己所追求的一切。因為這項治療，我變成了壞人，明明說應該變成更好的人啊！」

「我只說會變成更好的人，可沒說會變成好人。」

「拜託！都最後一天了，至少今天說得清楚一點。」

「我從沒說過什麼難懂的話。就像我說的，現在，吳小姐您成了比過去更好的人。」

「史嘉蕾從控制的觀點解釋了我的狀態，您的意思也是說，不受控制的我要比控制中的我更好嗎？」

恩宇在隔壁桌吃著磅蛋糕，一邊咳嗽，一邊用拳頭捶打自己的胸口。女人起身準備了一杯豆漿，恩宇接過去喝下，隨即放鬆地舒了口氣，臉上又恢復了平靜。女人把一張信用卡遞給恩宇，示意他到25超市買零食吃。

不懂事的孩子高高興興地退場了，如今店裡就只剩下女人和我。我注視她的眼神中充滿了輕蔑，女人則用下巴指著玻璃窗外的劣等超市。

她分明在笑。

「那家店也是我的。」

「什麼？」

「25超市是我的本性，『渡口』是我的外殼，可是如今這裡太沒趣了，所以我打算歇業。今天剩下的麵包，您全部帶走也無妨。」

「您怎麼會經營『渡口』，卻又經營那種店……」

「控制與解放是好搭檔，所以放在一起時會更為閃耀。不管是什麼，唯有均衡存在，才有機會走向極端。」

隔著一條路，猶如蝴蝶羽翼般朝兩側開展的兩種心情，都是屬於同一個女人。後知後覺的我，這才明白，為何「渡口」無法獲得客人青睞，女人卻沒有半點焦躁之情，原來這一切都是女人所有。

那麼，這女人究竟是不是生意人呢？她是騙子，還是藝術家？又或者是懷著兩種心思戲弄顧客，使哈拿洞走向分裂的狡詐泥鰍？抑或是實現統一的仲裁者？而我，放著眼前的25超市不去，下定決心只在「渡口」購買麵包的想法，頓時變得十分可笑。

女人達到了完美均衡。她同時展示了善與惡，卻未將人生拋擲到任何一方。在悖德與守德的中央走繩索的人並不常見，但她卻達到了自我控制與享受解放的矛盾狀態。那是無人知曉的自由王國。正門與後門猶如一個圓筒般相連，因此入口與出口的界線並不明確，但認真說起來，打從一開始就沒必要區分出入口。

倘若如女人所說，控制與解放是好搭檔，入口也就等於出口。

「吳小姐，您現在明白控制和解放是什麼了。相較於只知其一的人，認識兩者的人，就變得更好了吧。」

「恢復原狀後，到時仍能享受自由嗎？」

「現在才總算說到了我能告訴您的部分。」

女人親自切了磅蛋糕，放在我依然空著的碟子上，但我沒打算接過用她的手製作的食物來吃。

「從明天開始，吳小姐您就會回到原來自制力強的模樣了。您會變得具道德感、平和，也會遵循原則生活。只是，您會以明白自由帶來的喜悅狀態回歸。您將會渴望至今所感受到的喜悅，同時經歷再也無法像那時一樣行動的不幸。透過守護那份不幸，您的道德性才得以完成。」

「不行，乾脆抹除我的記憶吧，我並不想記得快感，卻只能靠懷念過活！」

女人從座位上起身，握住了擺在收銀檯旁的雕像手臂。稍微使力，拙劣的複製品的手臂便應聲斷裂。

女人將斷裂的手臂遞給我。

「這隻斷掉的手臂有意義嗎？」

「不是斷掉了嗎？是在警告我也會變成這種垃圾嗎？」

「看到這個，您有什麼想法？」

「一隻從雕像掉下來的手臂，當然是馬上就會被丟掉吧！」

「我們會透過這隻斷掉的手臂想像整尊雕像的模樣。就算沒有再次看到〈迪亞哥〉，只要看到這隻手臂，也能描繪出它附著在身軀上的完整的〈迪亞哥〉。所以，這隻斷掉的手臂本身即是完整的，也具有社會性。」

女人根本在胡說八道。我神經質地推開她的手，斷掉的手臂掉在地上，但女人並未撿起。

太可怕了，竟然只能終生懷念淺嚐即止的喜悅滋味。那種令人飄飄欲仙、唾沫幾乎要湧出口腔的悖德滋味，是不可能遺忘的，我一定會渴望再次體驗那種狀態。過去的我強迫自己去愛善良的男人，竭盡全力珍惜環境，面對令人生懼的動物仍伸出手，與讓人不適的朋友為伴，還假裝自己疼愛孩子。若是回到那時，我肯定無法再次嘗試脫軌。當時的我是為了不讓自己四分五裂，無論如何都要緊貼在雕像上、試圖完成和諧的一隻手臂。無庸置疑的，我即是社會，即是整體。

但從雕像上脫落的我，是那隻手臂，不是嗎？

心臟被鐵鍊牢牢束縛住。一想到未來的自己就覺得窒息。我發出足以震碎玻璃的巨大吼叫聲，痛苦地揪著自己的髮絲。我想把眼前看到的東西全抓起來扔，想打破咖啡杯，持刀揮舞，想裸著身子跳舞。

這是我的困境。自由與解放雖是搭檔，我卻缺乏像女人一樣走鋼索的能力。

自由於我是一種陌生的暴力，控制則是再熟悉不過的暴力。不論用何種方式，兩者同樣會令我受傷。那麼，向較為熟悉的惡魔妥協，或許更能保全我的生活。但明知如此，我仍想向女人詢問延長治療有效期間的方法。我知道自己必須恢復原狀，但我不想那樣做！到頭來，這就是我的真實心聲。就像持續探索新滋味的舌頭，我想要不計後果，不斷感受當下的喜悅。無窮的性欲沸騰，我聽見了幻聽，要我必須徹底翻轉人生。

女人來到我身旁並肩坐著，伸手摟住痛苦煎熬的我，她的眼神比對待恩宇時更加慈祥。

「所有人都會經歷相同的糾結。」

「我想不會有人像我這麼混亂。」

「我見過更嚴重的人。」

女人近得幾乎要貼上我鼻尖的嘴唇，顯得格外紅潤。她的臉頰也逐漸燃燒起來，變得與那狡猾的嘴唇相似。

「我因為不孕，婚姻生活始終過得很不幸。丈夫羞辱沒辦法生育的我，說我是在國外住久了才這樣。在準備離婚時，我遇見了一位為了逃避現實而去打工度假的青年。他也和您一樣，是自制力非常強的人，但他說哪怕一次也好，希望自己能逃離生病的母親。我們的關係超越了醫者與治療個案，從彼此身上學到了許多。他透過我學會了愛，而我透過他得知了不孕的原因不在我，而是丈夫。那個人付出了治療的代價，讓我從仇恨中解放出來。那是我第一次了解到，相較於守護我過去建立的一切，摧毀更令人樂在其中。每次看到恩宇，我總會想起他。儘管他肯定像您一樣過著自制的生活，但他也必然懷念當時的日子吧。」

恩宇用肩膀推門走了進來。他在25超市買了一堆零食，因為空不出手而被門檻絆倒，女人見狀，起身去攙扶恩宇。斷裂的雕像手臂被鞋尖撞開，滑到了非常遠的地方。

我注視著擔憂恩宇的女人的嘴唇，依然紅潤，往後肯定也會繼續紅潤下去。磅蛋糕，我一口也沒吃。

沒必要繼續待在這裡。我必須離開！我把放在桌面上的東西掃進背包，正打算衝出店門，女人卻抓住我的手腕。

「所以您希望回到過去嗎？或者未來過著如囚禁般的生活？」

我現在不想回答。我揮動手臂，使勁甩開她，但她絲毫不以為意地接著說：

「如果想再次解放，就請接受追加手術吧，不過這次就得付費了。

他們也得做生意。如果想免費接受手術，就請帶一名和您一樣擁有高度自制力的實驗對象到研究室去吧。看您是要把對方塞進車裡載去，還是要揪住那人的頭髮。」

現在我才明白，秀元選擇我的理由。

「好好找一找吧，追蹤自制力的過程還會花上好幾年。」

＊＊＊

就在我朝著車子的輪胎亂刺時，秀元抵達了。我謊稱在檢查氣壓，秀元則是抱住我，在我耳邊悄聲說：「今天一天也辛苦妳了。」他親自替我打開副駕駛座的車門，代替我啟動引擎，那張側臉一如往常，鼻梁依舊筆直，望著那熟悉的模樣，我的手開始不住顫抖。我想起自己放入背包的刀子，收緊了腹部，固定腰桿。

現在，我的身體不能有絲毫傾斜。

「我想去兜風，去很遠的地方。」

「好啊。」

他的雙手緊緊握住方向盤。我緊張得快發瘋了。

「英雅。」

「嗯。」

「求婚的事就當沒發生。」

我沒有回應。

「對不起。」

秀元向我道歉。從這句道歉中，我能撈到的資訊就只有一個，就是此刻的秀元是會有罪惡感的人。他一生積累的所有教養與知識，集合成這句道歉。野蠻的個體無法經歷的那種情感，此刻充滿了男人的內心。秀元一如往常是個好人，意思是他是個聰明的男人。

因此，秀元無法變得純粹。而我，也顯然會在午夜過後變得不純粹。那些既明白控制又懂得解放滋味、在兩者間激烈掙扎的人，只能以某種模糊不清的顏色活下去吧。難道我不能這樣嗎？如果是白的，就一直是白的，若是黑的，就一直是黑的。

「英雅，妳試著回想我們在延南洞咖啡廳初次見面的情景。」

我必須反駁女人的話。平衡並非必要。我必須成為只知其一的人，才能成為純粹的人。善與惡，若是摧毀其一，平衡就會自然消逝，僅有一方存活下來。那將成為入口與出口，是唯有單一概念留下的絕對純粹。

供奉純粹。

只供奉內在唯一的我。

我繼續盯著秀元說話的側臉，想像著我如自己所願變得純粹。

「那是在我結束打工度假回國之後，我必須找個能留在我身邊的人。因為我感到既孤單又不安，所以我需要和我不一樣、堅信自己善良的人。那時我在咖啡廳見到了某個女人。那個女人就算隔壁桌的客人把飲料灑在她的白裙上，她也沒有發脾氣，並體貼地說自己會擦乾淨，那就是妳。妳是個就算碰到再糟的事也會秉持善良信念的女人。從那時到現在，這五年間，我看著妳，我的判斷也變得越來越清晰。妳是能幫助我、最符合我理想的女人，也是我的救世主，妳很美。」

全然的純粹。它將會以不曾在我的世界中顯現的暴力完成。任何言語都無法控制的完美解放，那樣的解放，是你李秀元的使命。因為即使是面對愛情，我也渴望能體驗完全的解放。

「秀元哥。」

「嗯。」

「我有件事想問你。」

過去的我，即使做出善良的選擇最終卻仍會收到惡評。但現在我似乎明白了，有種方法可以抹去那些零碎堆砌的努力。

我想要一張能一口氣吹散無數黃牌的紅牌。與其看著自己寒酸地被黃色填滿而挫敗不起，不如乾脆收一張巨大的紅牌。那些曾經環環相扣的選擇，就讓人再也無法記起它們原來的模樣吧。如此一來，我才能解放過去無數的自己。

來一場龐大醜陋的惡行吧。

「你在澳洲時，別人都叫你什麼？」

「Milo.」

我從背包中取出刀子，是我從「渡口」拿來的，我二話不說就劃過了秀元的頸項。秀元嚇得連忙轉動方向盤，將震盪不穩的車輛停在路肩。我沒有停手，繼續用單手握住他的側臉，讓刀子在他的脖子上來回摩擦。

唯有殺人這項巨大的罪名，才能抵銷我那些零碎的黃牌。我出於正義感而不去光顧25超市，假裝喜歡孩子，勉強自己照顧原本害怕的貓咪，以愛為名把不愛的人留在身邊……這是將所有選擇全數抹去，唯有「殺人者」這個名稱留下的，巨大鮮紅的解放。

「英、英雅……」

但是，好奇怪。為什麼我在輪胎上劃了那麼多刀，車子卻沒有爆胎，依然好端端地停在路肩上？仔細想想，我真的有劃破輪胎嗎？我一心只想著讓秀元上車後離開停車場，卻沒有仔細確認。

他的頸項上被割出一道道鮮紅的傷口，但還沒有被割斷。他猛力抓住我的手腕，用驚懼的眼神望著以愛為名而將刀子刺入他脖子的我。

那麼，我現在手上握著的是什麼？空氣中瀰漫一股甜橙磅蛋糕的香氣。

這是一把發鈍的麵包刀。

「妳也辦到了啊。」

刀刃上映照出我的臉。我在哭泣，但仍掩不住笑意。

有時，壓抑能守護尊嚴。
一如地面上的所有生命體，都是靠氣壓維持身體形貌。

# 結語

秀元若無其事地用濕紙巾擦拭頸項時，我內心的激動依然沒有平復。臉上出現的是既無法哭也無法笑的怪異表情。無法以麵包刀割斷的頸項上能看見血紅傷痕，差不多是一週後結痂、三週後轉為黃色、過不了三個月就會消失的程度。

「妳不必感到愧疚。」

是因為這樣嗎？相較於我注視他傷口的目光，秀元的嗓音反而更輕盈。他用血跡斑斑的濕紙巾替我擦拭額頭，接著遞給我和上次相同的礦泉水。

「去醫院之前，喝了這瓶水之後，不覺得心情有些奇怪嗎？像是自己比平時心軟之類的？」

「什麼意思？」

「沒什麼，別放在心上。」

車窗外天空上也出現了我所劃出的刀痕，血淋淋的月亮從皮肉間擠出了臉。

「讓我下車。」

「隨妳高興。」

秀元將頸項擦拭乾淨後再次握住方向盤，讓我在路肩下了車。秀元說，過了今晚，我們的關係將由「隨我高興」來定義。這並不代表我們分手，或是繼續交往，或者根本沒有任何意義。

全身依然滾燙不已。

「我能理解妳，這不是謊言。」

或許這是我最後一次聽見他的聲音。黑色轎車朝著高速公路與昏暗天空交會的盡頭駛去，毫不停留。我的手裡只有背包、麵包刀及一瓶礦泉水；甜橙磅蛋糕的香氣已不留痕跡地消散了。

我看了看礦泉水，已經過了保存期限。

我沿著路肩移動雙腳。沒有向前邁進的意志，只是如機器般向前踏出步伐。

天氣有點涼。我拉了拉外衣，才意識到這是銀珠送我的襯衫。我脫下襯衫往後扔去，布料發出了隨風飄揚的啪啪聲，隨後飛到遠處。

「這不是結束。」

我將手伸入裙子內。我現在穿著的是秀元送我的貼身衣物。我能自行做出選擇的時間所剩不多了。

「絕對不是。」

我脫下內褲，朝著飛快轉動的眾多車輪扔去。沒有翅膀的三角形布料墜落後，無數的車輛從它上頭輾過，留下紊亂的輪胎痕跡。我直到剛才還穿著那件骯髒的內褲，那時分明還很乾淨。

「您沒事吧？」

我想起了一個人，是在咖啡廳替銀珠擦拭的員工，那個人看起來也很善良。那麼，那個人也能代替我成為我。果然，事情並未就此了結。這處境太滑稽了，所以我笑了，甚至笑到喉頭能感覺到冷風灌入的嗆人寒氣。我忍不住笑了。不覺得很好笑嗎？

懂得羞恥的女人不是與生俱來，而是後天塑造。那麼，心地醜陋的女人同樣不是與生俱來的，而是後天塑造的。

午夜即將來臨，今日將邁向終點，月亮皎潔的表面逐漸變得清晰。直到這時，我才又再次——

感到羞愧。

# 作者的話

首先我要道歉。

我認為文學有四種層次：普遍有益[22]、特殊有益[23]、特殊無益[24]、普遍無益[25]，而這篇文章大概介於特殊有益與特殊無益之間。二〇二三年七月完成初稿後，我便不停地想像著自己辯解的模樣。我該以什麼為藉口才能少被討厭一些？同時我還幻想，或許有人會大膽地朝我扔石頭。

萬一你在讀完小說後感到憤怒，那是因為你有道德心。相反的，若

22 原書注：普遍來說有益處（最佳）。
23 原書注：對特定的人有益。
24 原書注：對特定的人無益，時而有害處。
25 原書注：普遍來說無益且有害（最糟）。

是你感覺到被解放，那也同樣是因為你擁有道德心。相互衝突的兩個結果都證明了你的道德心。何以如此？因為你是個具有道德心的人，也被教育成非得如此不可。不覺得窒息嗎？無論是感到憤怒或被解放，都意味著你是屬於「社會」這個龐然大物的「賈科梅蒂雕像的手臂」。

一如整個冬季落下的雪會讓櫻花更美麗動人，為了成就暖心溫柔的文字，貧瘠的文字也有其存在的必要。這即是我的辯解。

總之，我從兩種觀點來談〈作者的話〉。

## 第一，關於作品

在我看來，《甜橙與麵包刀》是直言不諱的，也因此充滿了暴力。長久以來，我都以「銀珠」這個角色的樣貌活著；「英雅」則是那樣的我所自行創造的對立角色（Antagonist）。有人稱此作品為「排泄物」。

一定有更高超的手法來表達控制與自由這組對立的價值，同時盡可能排除那些一旦觸碰就只會招來辱罵的元素。意思是，在寫作上打安全牌的方法多得是。但那有什麼意義？我想寫的文字終究是《甜橙與麵包刀》，而不是別的。

作品中之所以出現賈科梅蒂，是為了隱喻「自在」與「自為」的概念[26]。其實我對此也並未全然透徹，但可以這樣解釋：所謂的「自在」是「是其所是」，是事物的直接用途與本質，就算不去干預也已經被規定好的價值。舉例來說，你在庭院種下了蘋果樹。這棵蘋果樹是什麼？就只是會結出蘋果的樹木。這就是「自在」。那麼「自為」呢？你對蘋果樹說了好話，還讀好的小說（不是《甜橙與麵包刀》而是別的書，呵呵）給它聽，結果蘋果樹的枝椏朝你的方向伸展。那根樹枝上甚至

26 譯注：此處的概念是來自法國哲學家沙特。

結出了更美味、更紅潤的蘋果。這並不只是單純的蘋果，而是與你交流後，蘋果樹察覺了自身變化的可能性並將此顯現。這棵蘋果樹並未停留在「只是結出蘋果的樹木」的本質；蘋果樹的存在超越了本質，這就是「自為」。

所以事物大部分停留於「自在」，生命體則是「自為」。

但我想在《甜橙與麵包刀》中談論「自在的存在」，談論我們不與他人溝通、不知反省也不知改變，停留在最原始狀態的故事。這是關於我們只考慮本質意義的故事，是想像出暴力與愚蠢情況的故事。

為何非得如此不可？因為「自為」向來擁抱著「缺陷」。再拿前述的蘋果樹來說好了，它必須朝著對方伸出枝椏，非得觸及對方不可，也得結出更紅潤的果實，但它不會每天都成功，而每一次，蘋果樹都會察覺自身的缺陷。所以，「自為」同時也是「顯著的缺席（absence significative）」。

我們不會希望成為匱乏的存在，此外，彌補不足有時是很費力的。我們希望以原來的樣子被接納。即便我的道德不符他人標準，即使我無法實現這個社會的正義，甚至是在正義中製造裂痕的存在，我也想就這樣活著，以原來的樣子活著。

我想向那樣活著的我們表示共鳴——以與共鳴最遙遠的語言。

## 第二，關於我

我曾經因為人氣不如預期，私下獲得業界同行的強烈評價，被稱為「六頭品作家」[27]。在這之後我持續思考，為什麼我的作品沒有人氣？是因為寫不出像樣的句子？粉絲少？只在徵文比賽獲獎，其他成

27 譯注：出自新羅的身分制度「骨品制」，王族為「骨」，分成聖骨與真骨，非王族則為「品」。六頭品的階級正好位於王族之下，雖有學識，卻無法成為真正的權貴。作者此處是指作家的作品有一定水準，卻無法獲得大眾青睞的嘲弄意味。

績乏善可陳？缺乏溫暖？沒有文藝創作背景的朋友？不是good-looking girl？還是因為想讓自己顯得博學多聞，所以在作品引用了過多哲學？不是的，答案出乎意料地簡單。

是因為不夠坦率。

明明希望以本來的面貌獲得喜愛，卻從未真實表達過自己的想法。應該放入人物互相產生共鳴的元素吧？所以就放進去了；應該放入療癒元素吧？所以也放入了。相較於真正理解人們為何喜歡這些，我只是貿然將這些當成策略使用。我自以為有才華，自認即便採用拙劣手法也能欺瞞讀者，就像泰勒絲在〈Anti-hero〉所唱的某句歌詞。

「你有發現我偽裝利他主義的隱性自戀，就像某些國會議員嗎？（Did you hear my covert narcissism I disguise as altruism. Like some kind of congressman?）」

我覺得那樣的我令人作嘔。

直到我以《最後的果凍酒》、《守護神》[28]為起點，一點一點地鼓起了勇氣。此外，我也決心不再做出「是因為這本書我做了適當的妥協！」之類的卑劣辯解。反正妥協了也不賣，不妥協也賣不出去，那不妥協至少還能發揮本色。也因此，我才能寫出《甜橙與麵包刀》。若是不滿意這種文字就多買書吧，那麼身為膽小鬼的我，就會因為害怕他人的視線，再也寫不出這種文字。

我自然也明白有讀者喜愛創作者「青藝」的作品。我總心懷感謝，甚至看著他們寫的書評而大受感動。宣告不肯妥協的勇氣、說要妥協的意志，都是因為有讀者的存在才有可能。倘若世上有神明，但願我的感激能化為福分，分贈給他們的未來；願我這突如其來的莊重之心，能作為真誠的感謝，傳達給他們。

28 編注：此處皆為暫譯。

我也要向不吝於支持我作品的Hubble Team致謝。感謝金學濟組長以電子郵件傳送長篇感想，感謝時尚有型的朴昭姸代理，促成了本書前言與後記的誕生！我們一起負起責任吧（嘻嘻）。許多善良、具有人情味的人為這本書付出了努力，謝謝你們。

還有！我喜歡孩子與貓。還請大家諒解我雖然喜歡兩者，但也能做出討厭他（牠）們的矛盾想像。文中所描述的各種事件與事故純屬創作。此外，這部小說中有一句話是向偶像團體NCT[29]〈第七感〉的歌詞致敬，作品的初稿則是投宿於首爾王子飯店所贊助的「小說家之房」時所創作。

最後，就算你少了一點道德心，我也能喜歡你、理解你，因為我也是那樣的人，因此，但願你在面對他人時不會感到痛苦。

附注：有個禮物要送給大家。掃QR Code，就能觀賞「方頭魚解酒湯」中的主角——方頭魚的三分鐘短片。

29 編注：韓國SM娛樂於二〇一六年推出的男團。NCT即「Neo Culture Technology」的縮寫，是一組人數眾多的多國籍男子組合，活躍於世界舞台。

潮浪小說館 008

# 甜橙與麵包刀

오렌지와 빵칼 Orange and Bread Knife


| | |
|---|---|
| 作者 | 青藝（청예，Cheong ye） |
| 譯者 | 簡郁璇 |
| 主編 | 楊雅惠 |
| 責任編輯 | 楊雅惠 |
| 校對 | 吳如惠、楊雅惠 |
| 裝幀設計 | 高偉哲 |
| 版面構成 | 獅子王工作室 |

| | |
|---|---|
| 出版 | 遠足文化事業股份有限公司 潮浪文化 |
| 發行 | 遠足文化事業股份有限公司（讀書共和國出版集團） |
| 電子信箱 | wavesbooks.service@gmail.com |
| 粉絲團 | www.facebook.com/wavesbooks |
| 地址 | 23141 新北市新店區民權路 108-3 號 3 樓 |
| 電話 | 02-22181417 |
| 傳真 | 02-86672166 |

| | |
|---|---|
| 法律顧問 | 華洋法律事務所　蘇文生律師 |
| 印刷 | 中原造像股份有限公司 |
| 出版日期 | 2025 年 8 月 |
| 定價 | 380 元 |
| ISBN | 978-626-7746-02-8(平裝)、978-626-7746-03-5(EPUB) |




This book is published with the support of the Literature Translation Institute of Korea (LTI Korea).



潮浪文化社群平臺

國家圖書館出版品預行編目（CIP）資料

甜橙與麵包刀 / 青藝著 ; 簡郁璇譯 . -- 新北市 : 遠足文化事業股份有限公司潮浪文化出版 : 遠足文化事業股份有限公司發行 , 2025.08 面 ; 公分 . -- ( 潮浪小說館 ; 8)

譯自 : 오렌지와 빵칼 ISBN 978-626-7746-02-8( 平裝 )

862.57 114009372